돈키호테 읽·기·의·즐·거·움

비극적 운명을 짊어진 희극적 영웅

e시대의 절대문학

돈키호테
읽·기·의·즐·거·움

비극적 운명을 짊어진 희극적 영웅

|권미선|세르반테스|

살림

e시대의 절대문학을 펴내며

자고 나면 세상은 변해 있다.
조그마한 칩 하나에 방대한 도서관이 들어가고
리모콘 작동 한 번에 멋진 신세계가 열리는
신판 아라비안나이트가 개막되었다.
문자시대가 가고 디지털시대가 온 것이다.

바로 지금 한국은, 한국 교육은,
그 어느 시대보다 독서의 당위성을 강조하고 있다.
지난 시대의 교육에 대한 반성일 것이다.
그러나 문자시대가 가고 있는데,
사람들은 디지털시대의 문화에 포위되어 있는데,
막연히 독서의 당위를 강조하는 일만으로는
자칫 구호에 머물고 말 것이다.

지금 우리는 비상한 각오로, 문학이 죽고
우리들 내면의 세계가 휘발되어버린 이 디지털시대에
새로운 문학전집을 만들고자 꿈꾼다.
인류의 영혼을 고양시켰던 지혜롭고 위엄 있는
책들 속의 저 수많은 아름다운 문장들을 다시 만나고,
새로운 시대와 화해할 수 있는 방법론적 독서를 모색한다.

'e시대의 절대문학'은
문자시대의 지혜를 지하 공동묘지에 안장시키지 않고
디지털시대에 부활시키는 분명한 증거로 남을 것이다.

발행인 심 만 수

들어가는 글

스페인의 대문호 세르반테스는 어릿광대와 같은 희극적 주인공 돈키호테를 창조해 냄으로써 어쩔 수 없는 현실과 부딪치며 살아가야 하는 우리 인간들의 비극적 단면을 그려내고자 했다. 그럼에도 불구하고 『돈키호테』는 무겁고 따분한 작품이라기보다는 문학사에서 가장 재미있는 작품 중 하나로 손꼽힌다. 그 이유는 세르반테스가 유익한 즐거움을 강조하는 고전주의의 이상을 따랐기 때문일 것이다. 그는 따분한 설교 대신에 희극성과 유머를 겸비한 재미와 교훈을 추구했던 것이다.

복고적 기사 세계의 이상주의를 추구하는 돈키호테와 그에 상반되는 현실세계를 추구했던 산초 판사, 이 두 인물은 작품 속에서 끊임없이 충돌하며 긴장과 유머를 자아낸다. 그러나 세계관에 있어서는 대립되는 돈키호테와 산초 판사가 끝까지 신의와 우정을 지켜내는 인간적인 관계는 세르반테스가 이루어낸 가장 고결한 휴머니즘의 정수이자, 『돈키호테』가 시공을 초월해 꾸준히 읽히게 만든 고전적 가치라고 할 수 있다.

스페인의 사상가 오르테가 이 가세트에 따르면 소설 『돈키호테』가 의미 있는 이유는 그것이 확고부동한 귀족적 기품을 드러내는 대신에 오히려 귀족적 기품의 불안정성을 드러냈다는데 있다고 한다. 그리스 · 로마 시대 이래로 유럽 문화가 안정성과 확실성, 명료성을 지향한데 반해 스페인 문화는 불안정성과 불확실성, 애매모호성을 지향했는데, 세르반테스의 『돈키호테』에는 바로 그와 같은 스페인문화와 예술의 특질이 잘 드러나 있다는 것이다. 그 때문에 『돈키호테』를 읽다보면 새로운 가치와 낡은 가치가 불안정하게 충돌할 때 생겨나는 역동성이 꿈틀거리고 있음을 발견하게 된다.

한편 『돈키호테』의 또 다른 매력은 이 작품이 무수히 많은 내용을 풍요롭게 제시하면서도 어떤 경우에도 메시지를 명시적으로 개념화하지 않았다는 점이다. 세르반테스 스스로가 작품의 서문과 작중 인물 산손 카라스코를 통해서 밝혔듯이, 『돈키호테』는 읽는 사람마다 다양하게 해석될 수 있는 다의적인 작품이다. 그 때문에 작품에 등장하는 돈키호테는 희극적인 광기를 체현한 인물로 해석되기도 하고 비극적 진실을 전달하는 인물로 비치기도 한다. 또 산초 판사 역시 독자의 해석에 따라서 순진한 바보로, 혹은 분별력 있는 현실주의자로 비치기도 하는 것이다.

르네 지라르가 말했듯이, 서구 소설들 가운데 세르반테스의 영향을 받지 않은 작품은 거의 없다고 할 수 있다. 그가 창조한 돈키호테라는 인물의 존재적 불확실성과 정체 불명성은 우리 현대인들이 자기 정체성을 찾는 과정에서 겪는 혼란의 원형이라고 할 수 있다. 또한 세르반테스는 기존의 기사소설을 양산해낸 진부한 서술방식에 반기를 들고 새로운 이론적 근거를 마련함으로써 현대적 의미의 '소설'을 탄생시켰다. 그는 서사시점을 다양화했고 일관된 구조와 플롯을 통해 여러 일화와 인물, 행위를 교직했으며, 대화를 통해 캐릭터를 창조해냈다. 또 인물들의 중층적 관점을 대비시켜 리얼리티를 증대시켰다. 이와 같은 세르반테스의 서사 형식에 대한 문제의식에서 탄생한 작품이 바로 『돈키호테』이다. 『돈키호테』를 소설중의 소설, 소설의 원형, 현대소설의 효시라고 칭하는 이유는 바로 이와 같은 인물형과 서술방식 때문일 것이다.

이처럼 『돈키호테』는 세계 소설사의 한 획을 긋는 작품이지만 우리나라 독자들에게는 상당 기간동안 제대로 소개되지 못했던 것 같다. 그 결과 우리나라에서는 세르반테스의 이 걸작이 주로 꿈과 현실 사이의 양극단을 좁히지 못한 채 끝내 좌절하고 마는 나약한 지식인의 모습을 담은 한낱 익살스런 작품으로 이해되어 왔다. 이와 같은 몰이해는 꽤 오랜 동안 그대로 지속되다가 1980년대 후반에 이르러 포스트모더니즘이 국내에 소개될 무렵이 되어서야 그

문학사적 가치를 제대로 평가받게 되었다.

멕시코의 작가 카를로스 푸엔테스의 언급처럼 세르반테스는 아마디스를 라사리요와 대화하게 만들었으며 그 과정에서 세계에 대한 일원적이고 통합적인 해석을 보다 다의적이고 풍요롭게 만들었다. 때문에 『돈키호테』 이후 문학작품에 등장하는 인물들의 삶은 한결 자유로워졌다고 할 수 있을 것이다. 이번 책을 통해 국내에 제대로 소개되지 못했던 『돈키호테』의 다의적이고 풍요로운 의미를 널리 알릴 수 있게 되었으면 한다.

이 글은 세르반테스와 그의 걸작 『돈키호테』를 널리 알리고 이해를 돕고자 쓴 글이기에 유명 비평가들의 글을 많이 빌려왔음에도 지면 관계상 출처는 생략했음을 밝혀둔다.

권미선

| 차례 |

1부 | 미겔 데 세르반테스 사아베드라

1장 시대적 배경과 작가론

2장 작품론

돈키호테 읽·기·의·즐·거·움
Don Quijote

3장 『돈키호테』의 영향과 의의

2부 | 리라이팅

3부 | 관련서 및 연보

1 미겔 데 세르반테스 사아베드라

*Miguel de
Cervantes
Saavedra*

세르반테스는 신성로마제국의 황제 카를 5세의 치하 말기에 태어나,

펠리페 2세 때 외세에 대항해 레판토 해전에 참가했으며,

펠리페 3세 때는 붕괴한 스페인 사회와 몰락해가는 제국을 목격했다.

스페인 문학의 '황금세기'인 16·17세기에 세르반테스의 삶과 문학은

르네상스의 이상에서 바로크의 환멸로의 이행 과정을

가장 압축적이고 극명하게 보여주었다.

이와 같이 『돈키호테』는 당시의 총체적인 역사상 속에서

바로 잡고 극복하지 않으면 안 될

갈등과 불의와 상처로 가득한 사회를 여실히 드러냈다.

1 장 ── 시대적 배경과 작가론

Miguel de Cervantes Saavedra

세르반테스와 스페인 16·17세기

세르반테스는 스페인 역사와 문화에서 가장 중요한 시기인 16~17세기에 살았다. 그는 생전에(1547~1616) 제국의 영광과 몰락을 함께 맛보았다. 16세기 말의 위기가 영광과 환멸의 시대를 가르면서 스페인 사회를 관통했듯이 세르반테스의 삶도 관통했다. 세르반테스는 낙관주의와 비관주의, 열정과 냉소, 정신과 육체 사이의 깊은 골을 극명하게 보여주었다. 물질적 가치에 집착하는 산초와 허황된 이상을 추구하는 돈키호테는 긴밀한 상보적 관계를 유지하면서 물질주의적인 동시에 이상주의적인 인간의 복잡성을 완벽하게 표현해냈다. 17세기 유럽 문명을 특징짓는 현상이었던 정신과 육체, 꿈과 현실 사이의 일관된 이원론은 다른 지역에서보다 스페인에서 훨씬 더 강하게 나타났다. 스페인에는 카를 5세의 영웅적 제국주의와 펠리페 3세의 굴욕적 평화주의, 돈키호테의 이상적 세계와 산초 판사의 현실적 세계가 모두 공존했다.

피카소가 그린 돈키호테와 산초 판사.

16세기 말 국가적 환멸의 분위기에서 집필을 시작했던 『돈키호테』는 1605년에 1권, 1615년에 2권이 출간되었다. 돈키호테가 무작정 달려들어 공격한 적이 나중에 풍차였음을 깨닫는 에피소드는 스페인이라는 국가가 겪은 환멸과 현실 세계에서 무참히 깨져버린 환상을 의미하는 적절한 비유였다. 700명이 넘는 다양한 계층의 인물이 등장하는 『돈키호테』는 16세기에서 17세기에 걸친 스페인의 문화적·정신적 시대상을 요약하고 있다.

다마소 알론소가 언급했듯이, 이 작품에는 스페인 사회 전체와 그 사회의 본질까지 담고 있다. 상류 귀족 계급부터 미천한 시골 농민에 이르기까지 모든 사회 계급이 고루 등장한다. 당시의 총체적 역사상 속에서 바로 잡고 극복하지 않으면 안 될 갈등과 불의와 상처로 얼룩진 사회를 여실히 드러내고 있다. 스페인은 세 명의 군주를 거치는 동안 영광과 몰락을 함께 향유했고, 이는 세르반테스 또한 마찬가지였다.

세르반테스는 신성로마제국의 황제 카를 5세 치하 말기에 태어나, 펠리페 2세 때 외세에 대항하여 레판토 해전에 참가했으며, 펠리페 3세 때는 붕괴한 스페인 사회와 몰락해가는 제국을 목격했다. 스페인 문학의 '황금세기'라고 일컬어지는 16·17세기를 장식한 세르반테스의 삶과 문학은 르네상스의 이상에서 바로크의 환멸로의 이행 과정을 가장 압축적이고 극명하게 보여주었다.

카를 5세 (1517~1556)

첫 번째 합스부르크 군주인 신성로마제국의 황제 카를 5세는 40년이란 통치 기간 중 16년 동안만 스페인에 머무른 부재왕(不在王)이었다. 그래서 그는 항상 스페인의 이해관계보다는 제국 정책이라는 이해관계를 더 중요시했다. 황제로 선출된 순간부터 카를 5세는 엄청난 책무를 떠맡게 되었다. 1520년대에는 프랑스와의 갈등, 1530년대에는 투르크를 상대로 한 공방전, 1540년대와 1550년대에는 독일에서 나타난 이교도의 반란과 진압 등으로 인해 많은 재정을 필요로 했다. 신성로마제국은 합스부르크, 부르고뉴, 스페인 등 여러 세습령으로 이루어졌고, 각 영역은 각각의 법과 자유를 그대로 유지하고 있었다. 카를 5세의 제국 역시 자기네 고유의 이해관계 속에서 배타적으로 움직였으며, 각 세습령은 자국과는 전혀 상관없는 전쟁에 개입해야 하는 현실에 분노를 느꼈다. 스페인의 경우, 프랑스 왕과의 불화, 독일 프로테스탄트 제후들과의 전쟁 등이 자기네와는 무관하게 느껴졌고, 그로 인한 스페인의 인력과 재화의 유출을 부당하다고 보았다.

1492년 콜럼버스에 의해 발견된 신대륙은 스페인의 원료 공급지이자 상품 수출시장으로서 스페인 카스티야에 중요한 이익의 원천이 되었다. 하지만 이런 갑작스런 부의 유입으로 인한 부작용 또한 만만치 않았다. 신대륙의 발견으로 세비야는 스페인에서 가장 큰 도시로 발전했으며, 유럽을 통틀어 파리와 나폴리 정도가 세비야를 능가할 뿐이었다. 1680년 카디스에 독점권을 넘겨줄 때까지 세비야는 스페인의 대서양 무역의 주역이 되었다. 신대륙으로 향하는 스페인이나 외국의 뱃짐과 갤리선들은 모두 세비야에 집결했다. 신대륙에서 수입해오는 물품은 주로 염료와 진주, 설탕이었으며, 그중에서 가장 환영받은 것은 금과 은이었다. 멕시코와 페루의 정복은 금광과 은광의 발견으로 이어졌고, 1545년 티티카카 호수 남동쪽에 위치한 엄청난 규모의 포토시(Potosi) 은광을 발견함으로써 그 정점을 이루었다.

하지만 성장 일로에 있던 카스티야 경제는 직물류의 높은 가격으로 인해 외국 직물류의 수입을 허용하면서 최초로 심각한 위기에 직면하게 되었다. 곡물 가격과 필수 제조업 분야의 제품 가격도 크게 올라 일반 카스티야인들은 점점 생필품조차 구하기 어려워졌다. 이 생산물들은 수지타산이 맞는 아메리카 시장으로 많이 빠져나갔으며, 카스티야 산업의 공급량 부족으로 가격은 급등했다. 아메리카 시장으로 수출량이 몰리게 되자 갑작스레 은이 국내로 유입되어 스페인의 물가수준을 다른 나라보다 높게 만들었다. 결국에는 카스티야에 외국 상품의 수입을 불가피하게 만들었다. 외국인들은 시장이 개방되자마자 국내 시장을 파고들었다. 그뿐만 아니라 이들은 카스티야의 제조품에 비해 질과 양에서 모두 우수했기 때문에 그때까지 스페인이 독점하고 있던 아메리카 시장에도 뛰어들게 되었다.

거대 제국을 통치하기 위해 만성적인 자금 부족에 시달리던 카를 5세는 보다 많은 돈을 구하기 위해 현재와 미래의 수입원들을 담보로 독일이나 제노바 은행가들로부터 불리한 조건을 감수하면서까지 대부를 받아야 했다. 이러한 임시방편의 자금 조달 방법은 그의 치세 말년의 재정 파탄을 예견하게 했다. 그러나 예견되었던 파산은 1557년 펠리페 2세가 왕좌에 오른 뒤였다. 그 밖에 스페인에서는 세속 혹은 교회로부터 끌어낼 수 있는 여러 잠재적 수입원이 있었고, 국가 공채도 크게 증가되었다. 스페인 국내의 은행가, 상인, 귀족 등은 상업이나 산업에 돈을 투자하는 대신에 수익성 높은 국가 공채에 투자했으며, 그 이자로 편안하게 살아가는 금리생활자 계층이 매우 증가했다. 이렇듯 부채에 대한 의존은 급격한 인플레이션을 초래하는 데 한몫을 했다.

펠리페 2세 (1556~1598)

유럽 전역을 누비며 통치했던 전사왕(戰士王) 카를 5세로부터 거의 재정 파탄 상태에 이른 국가를 물려받은 펠리페 2세는 마드리드에 수도를 정하고 나서 서류 더미로 가득한 책상 앞에서 하루를 보내는, 문서에 의한 통치를 시행했다. 펠리페 2세는 "하나의 군주, 하나의 제국, 그리고 하나의 칼"만 존재하는 희망찬 새날을 기대하며 자신의 주도하에 전쟁이 난무하고 이단으로 가득 찬 이 세상을 구원하고자 했다. 그는 공문서 속에 파묻혀 있을 때만 편안함을 느꼈으며, 지치지도 않고 문서들을 읽고 표시하고 주를 달고 수정해나갔다. 왕은 아무리 사소한 문제라도 모든 통치를 친히 관장하는 행정관이었다. 공문서를 검토하고, 지시를 내리고, 비서들의 행동을 주의 깊게 감독했다. 모든 권력은 신으로부터 나온 것이기에 왕은 도덕적으로 정의를 수호하고 불의를 시정할 의무가 있었고, 펠리페 2세는 이 의무를 절대적으로 받아들였다.

또한 펠리페 2세 치하의 스페인은 정통 가톨릭교의 수호를 위한 종교재판소가 맹위를 떨치던 시대였다. 종교재판소의 창설은 종교적 전통성뿐만 아니라 인종적 순수성도 확보하려는 의도에서 비롯되었다. 실제로 스페인에는 신앙의 순수성에 대한 집착과 그에 못지않은 피의 순수성에 대한 집착이 있었으며, 그것은 16세기 중반에 고발과 밀고라는 가장 폭력적인 형태로 나타났다. 유대인 문제는 1492년 추방령을 피해 유대교에서 가톨릭으로 개종한 개종자들의 문제로 바뀌었다. 개종자들은 공직에서 추방되었으며, 기사단이나 대학 내의 특수 계층인 콜레히오 마요르에 들어가는 것도 제한을 받았다. 콜레히오 마요르의 졸업생들은 자연히 교회와 국가에서 고위직을 획득하면서 특권 의식을 누렸으나, 개종자들은 그러지 못했다. 신앙의 순수성과 피의 순수성에 대한 집착은 스페인 사람들의 광대한 생활 영역을 협소하게 만들었고, 풍요롭고 활력 있는 사회를 순종의 굴레 속에 가둬놓는 결과를 낳았다. 점차 스페인에서는 혈통이 의심스러운 조상을 둔 귀족보다는 비천하지만 순수한 기독교도 가문이 더 낫다는 의식이 팽배해졌다. 때문에 스페인의 낮은 신분의 사람들에게 조상의 순수성은 상류 계급 사람들에게 고귀한 조상이 의미하는 바와 같았다. 일단 조상의 순수성이 증명되면 신분과는 상관없이 동등한 입장이 되었으며, 이는 16세기 스페인이라는 계급적 사회에서 가장 역설적인 특징 중의 하나인 평등감을 느끼게 해주었다. 『돈키호테』 1권 8장에서 등장하는 비스카야인이 그 좋은 예라고 할 수 있다. 당시 비스카야인은 '피의 순수성'의 대명사 격이었기 때문에 신분에 상관없이 당당하게 돈키호테와 대적할 수 있었다.

17세기 절망적인 재정 상태로 인해 시의 관직들은 매각되고, 국가의 토지와 사법권은 개인에게 양도되었다. 귀족들은 나라의 어려운 상황을 이용하여 이익을 챙겼으며, 이미 오래 전부터 과중한 세금에 시달려온 민중은 귀족의 특권이 확대됨에 따라 더욱더 생계를 위협받게 되었다. 1590년대에 들어서 카스티야 경제는 펠리페 2세의 제국적 모험이라는 거대한 틀 안에서 붕괴되기 시작했다. 왕은 아메리카로부터 들어오는 엄청난 양의 은을 담보로 빚더미에 앉게 될 거대한 사업들에 착수했다. 왕이 엄청난 돈을 들여 조직한 무적함대가 1588년에 무참히 패배하자, 이는 1596년의 파산 선언으로 이어졌다. 1575년의 1차 파산 선언에 이어 두 번째인 왕의 지불 불이행은 펠리페 2세가 그때까지 버텨온 제국주의적 꿈의 도산을 의미했다. 무적함대의 패배가 카스티야인들에게 가져다준 정신적 충격은 물질적 충격에 비할 바가 아니었다. 왕이 엘에스코리알 궁전에서 영국 원정에 대해 심사숙고하는 동안, 성직자들은 설교대에서 이단적인 영국 여왕 엘리자베스의 죄악을 비난하고 스페인의 십자군 전통의 영광을 역설하며 온 나라를 애국적·종교적 열광 상태로 몰고 갔다. 그렇기 때문에 무적함대 패배의 충격은 실로 엄청난 것이었다.

무적함대가 패한 1588년은 카를 5세와 펠리페 2세의 영웅적인 스페인과, 이후 합스부르크 왕들의 패배주의에 물든 환멸로 가득 찬 스페인을 구분 짓는 분기점이 되었다. 1597년에 영국 본토를 공격하기 위해 또다시 무적함대를 파견했지만, 이 역시 폭풍우 때문에 실패하고 말았다. 게다가 북유럽의 프로테스탄트 세력을 타도하려던 스페인의 대규모 십자군도 실패로 끝났다. 1596년의 파산 선언은 펠리페 2세의 대(對)북방정책의 실패를 확인한 것으로, 스페인은 이후 평화정책으로 되돌아갔다. 임종이 가까워진 펠리페 2세는 자신의 미숙한 아들이 국고가 바닥난 국가를 승계할 수밖에 없음을 인식하고는 지금까지 스페인이 벌여놓은 엄청난 규모의 사업들을 축소하는 일에 착수했다. 1580년대와 1590년대 초의 값비싼 제국주의를 청산하기 위한 첫걸음으로 펠리페 2세는 알베르토 대공을 반란이 끊이지 않는 네덜란드로 파견했다. 이로써 스페인은 플랑드르 전쟁에서 발을 뺄 수 있는 발판을 마련하게 되었다.

펠리페 2세 치하의 제국주의는 아메리카와 그곳으로부터 정규적인 은의 유입에 의존하는 카스티야의 부에서 재원을 조달받았다. 하지만 유럽 지역에서 수세에 몰린 스페인은 자국의 아메리카 독점도 점점 대담해져가는 네덜란드와 영국의 공격에 위협받게 되었다. 아메리카 해역에서의 북유럽 침입자들의 존재는 스페인의 무역 체계에 상당히 위협적이었다. 그뿐 아니라 아메리카 경제 체제의 변화도 스페인의 무역 체계에 위협을 가했다. 아메리카 경제에 변화를 가져온 가장 중요한 원인 중 하나는 인구 재난이었다. 신대륙의 백인과 혼혈인은 꾸준히 늘어난 반면에 인디오들의 수는 급격히 감소되면서 노동력 또한 급감했다. 중요한 기술적 진보가 없는 상황에서 노동력의 감축은 곧 경제의 위축을 의미했다. 인디오들을 대체하기 위해 아프리카에서 흑인들을 수입했지만 그들역시 질병에는 마찬가지로 취약했다. 그보다 더 심각한 것은 아메리카 식민지에 스페인 경제와 유사한 경제 형태가 형성되었다는 점이다. 멕시코는 저급 의류 산업을 발전시켰고, 페루는 곡물과 포도주, 올리브를 자체 생산했다. 이런 품목들은 수십 년 동안 세비야로부터 아메리카에 들여오는 물품들 중에서 큰 비중을 차지하는 것이었다. 1590년대부터는 스페인 경제와 아메리카 경제가 분리되기 시작했고, 네덜란드와 영국의 침입자들은 그 틈새를 집요하게 파고들었다. 아메리카 시장의 수요 변화는 카스티야 경제에서 재조정의 문제를 야기했지만, 카스티야는 이를 감당할 준비가 되어 있지 않았다.

카스티야 경제는 모든 분야에서 침체 징후를 보였으며, 이런 조짐은 인구 감소와 농업의 쇠퇴로 더욱 두드러지게 나타났다. 특히 농촌 인구가 대거 도시로 이동해 더욱 심각한 문제들이 야기되었다. 도시로의 탈출은 점차 카스티야 농촌을 척박하게 만들었고, 국가의 농업 발전에 비극적인 결과를 초래했다. 카스티야는 1570년경부터 북유럽과 동유럽의 곡물 공급에 크게 의존, 곡물 가격이 대폭 상승했다. 게다가 16세기 말의 몇 년간 흉작이 연이어 발생했고, 그 기근 끝에 페스트까지 돌았다. 1599년과 1600년에 창궐한 페스트는 16세기에 15퍼센트나 증가했던 인구를 단번에 쓰러뜨려 카스티야의 인구 감소 시대를 열었다. 그러나 페스트에 의해 초래된 가장 심각한 결과는 경제에서보다 심리적인 면에 있었으니, 페스트가 돌기 전부터 카스티야는 이미 지치고 침체되어 있었다. 프랑스와 네덜란드에서의 실패, 영국인들의 카디스 습격, 1596년의 파산 선언, 국왕의 범국가적 기부금 요구 등은 무적함대의 패배로 시작된 스페인 사람들의 환멸감을 더욱 깊게 했으며, 페스트가 그 대미를 장식했다. 이런 일련의 재난들은 카스티야를 완전히 쑥대밭으로 만들어놓았다. 오랜 전쟁을 겪는 동안 스페인 사람들의 용기를 북돋았던 이상들은 이제 치유가 불가능할 정도로 파괴되었고, 사람들은 쓰디쓴 배신감을 느꼈다. 황폐화되고 페스트로 상처받은 1600년의 카스티야는 갑자기 국가적 목표 의식을 상실하고 표류하게 되었다.

이 환멸의 시기에 카스티야인들은 여러 형태로 반응했다. 낙관론은 사라지고 씁쓸함과 냉소와 패배 의식이 자리 잡았다. 이러한 체념과 환멸의 분위기는 16세기부터 조장된 상황들에 의해 더욱 팽배해졌다. 16세기 스페인은 근면과 인내라는 평범한 덕목을 저버리고 일확천금을 노리는 한탕주의가 기승을 부렸다. 포토시 은광은 전례 없는 부를 카스티야에 안겨 주었다. 그리하여 사람들은 오늘 돈이 부족해도 내일 보물함대가 세비야에 도착하면 다시 풍족해질 거라는 안이한 생각에 젖어 살았다. 게으른 자가 잘 살고, 부지런히 일하는 자는 아무런 보상도 받지 못하는 상황에서 품위를 떨어뜨리는 육체노동은 무의미해 보였다. 『돈키호테』 2권에 등장하는 리카르도 공작 부처의 생활은 민생의 안위에는 전혀 신경 쓰지 않고 자기네 소일거리에만 집착하는 안이하고 나태한 귀족상을 그대로 보여준다. 그리고 산초의 한탕주의에서도 그 당시 스페인의 국민성을 엿볼 수 있다.

펠리페 3세(1598~1612)

1598년 즉위 당시 20세였던 펠리페 3세는 창백한 안색에 개성이라고는 전혀 없는 우유부단한 인물이었다. 그는 17세기 스페인 정치를 특징짓는 총신(寵臣)정치의 서막을 알렸다. 펠리페 3세 치세의 첫 총신인 레르마 공작은 오로지 자기 집안을 부자로 만들고 권력을 유지하는 데만 관심을 보였다. 레르마, 프랑케사, 칼데론으로 구성된 정부는 나라 전체가 간절히 원하는 대개혁이나 쇄신운동을 위한 청사진은 전혀 제시하지 못한 채, 유력 계층의 미움을 살 만한 조치들을 회피하는 데만 유능했다. 그들은 면세 혜택을 누리는 부유층과 과중한 세금에 시달리는 빈곤층의 격차를 줄일 수 있는 재정 정책은 주도면밀하게 회피하였고, 그 대신 관직과 사법권의 매각, 포르투갈 유대인으로부터의 보조금 각출, 카스티야 화폐 가치의 조작과 같은 보다 손쉬운 방법에만 의존했다. 수동적이고 소극적인 레르마 공작은 대충 무난하게 일을 마무리 지으려 했고 항상 편법에 의존했다. 레르마는 천성적으로 게으른 데다 우울증이 심해 며칠 동안 아무 일도 하지 않고 지내는 때도 적지 않았고, 왕과 각료들은 사냥이며 연극이며 사치스런 궁정 연회로 날을 샜다. 카스티야의 재정 및 카탈루냐의 산적한 문제와 같은 시급한 현안들은 시간이 지나면 저절로 해결되리라는 막연한 희망 속에서 방치되었다.

레르마 정부가 의외로 단호하게 밀어붙인 정책이 있다면 그것은 국토회복전쟁 이후 스페인에 남아 개종한 모리스코인들을 스페인으로부터 추방한 일이었다. 하지만 추방령을 발표한 1609년 4월 9일은 네덜란드와 12년간 휴전 협정을 체결한 날과 교묘하게 일치했다. 즉, 네덜란드와의 평화라는 굴욕을 스페인에서 무어인 지배의 마지막 흔적을 제거하는 영광으로 은폐, 1609년을 패배가 아닌 승리의 해로 기억하게 하려는 속셈이었다. 이는 범국민적으로 불만이 팽배하던 시기에 허약한 정부가 손쉽게 그 불만을 잠재울 수 있는 얄팍한 조치에 불과했다. 기본적으로 모리스코 문제는 그라나다 정복 이래 끊임없이 두통거리를 안겨준 소수 인종의 문제였다.

1570년 제2차 알푸하라스 반란 진압 후 모리스코인들은 카스티야 전 지역으로 분산했으며, 이들에 대한 인종 문제는 모리스코 주민이 없는 지역으로까지 확산되어 더욱 복잡해졌다. 모리스코 문제가 가장 심각한 곳은 모리스코 인구가 전체 인구의 3분의 1을 차지했던 발렌시아 지역이다. 이처럼 대규모 모리스코 공동체의 존재는 투르크의 공격 위험이 지중해에서 매우 현실적으로 다가왔던 무렵에 큰 우려를 불러일으켰고, 이 대목은 『돈키호테』 2권의 모리스코인 리코테의 가족사에서 잘 묘사되었다. 대부분의 모리스코인들은 비천하지만 없어서는 안 될 직종에 종사하면서 경제의 하부 구조를 지탱하고 있었기 때문에 이들의 갑작스러운 축출은 스페인 경제에 큰 타격을 주었다. 레르마 공작 체제는 결코 내일을 깊이 생각하는 정부가 아니었다. 모리스코인들의 추방은 철저히 경제 현실을 무시하고, 어려운 문제에 직면했을 때 주저 없이 가장 쉬운 해결책에 호소하며, 군중이나 집단의 압력에 쉽게 굴복하는 레르마 체제의 일반적인 특징을 여실히 보여주었다.

모리스코인들을 스페인에서 쫓아내는 일은 그리 어렵지 않았으나 그들이 남긴 문명의 흔적을 씻어내는 일은 그 정반대였다. 무어인들의 생활 방식은 스페인 사회 곳곳에 깊숙이 뿌리를 박고 있었다. 스페인 상류층은 무어인의 관습을 받아들여 가족 내 여성들을 집 밖으로 나다니지 못하게 했고, 여성들도 대부분 무어인의 생활 방식을 고수했다. 그들은 의자 대신 방석에 앉아서 생활했고, 북쪽과 북서쪽 지방을 제외한 스페인 전역에서는 국왕이 여러 차례 금지 명령을 내렸는데도 불구하고 베일로 얼굴을 가리고 생활했다. 극단적인 남녀 차별에서 무어인의 관습이 가장 강하게 남아 있었다. 스페인 사람들의 무어인의 관습 존중은 종교적·인종적 순수성에 대한 집착과는 상당히 반하는 것으로, 이는 스페인 사회가 역설과 대조에 기반을 두고 있다는 것을 보여주는 한 예라 할 수 있다. 무어인과 기독교인, 독실한 신앙과 위선, 열정적인 신앙 고백과 과도한 방종, 엄청난 부와 비참한 가난 등은 양극단을 오가는 스페인적 경향이라 할 수 있다. 여기에 중용과 평형감각은 어디에도 없었다.

펠리페 3세 치하의 스페인은 중산층의 부재로 다른 서유럽 국가들과 구분되었다. 부와 빈곤의 현저한 차는 결코 스페인만의 현상은 아니었다. 하지만 스페인이 각별히 다른 점은 이런 빈부 격차에 있는 게 아니라, 양극단 간의 골을 메워줄 열심히 일하는 부르주아 중산층이 없다는 데 있었다. 중산층은 방향을 상실한 사회의 잘못된 가치에 유혹되어 비생산적인 상류층에 편승하였다. 상업과 육체노동에 대한 경멸, 쉽게 얻어지는 돈의 유혹, 귀족의 직위와 사회적 지위에 대한 보편적 탐욕은 부르주아 중산층의 부재를 더욱 부추겼다. 본연의 가치에 충실한 중산층이 없었던 17세기의 카스티야는 엄청난 부자와 찢어지게 가난한 자들로 첨예하게 대립되었다. 『돈키호테』 2권 20장에는 이렇게 나와 있다.

세상에는 오직 두 가문만이 있을 뿐이다. 가진 자와 가지지 못한 자들이 바로 그들이다.

그들을 구분하는 기준은 궁극적으로는 그들의 서열이나 사회적 지위가 아니라 오직 먹을 것이 있느냐 없느냐로 결정되었다. 굶주림은 사회문제로 대두되어 악한들이 주인공으로 등장하는 17세기 피카레스크 소설의 주제가 되었다.

생계를 보장받기 위해 카스티야인은 모조리 교회와 궁정,

관료 사회로 몰려들었다. 『돈키호테』에 나와 있는 속담에 의하면, 스페인에서 사회적으로 출세할 수 있는 세 가지 방법은 교회, 바다, 왕실이었다. 실제로 문(文)과 상(商)과 무(武)는 페레스 데 비에드마 형제가 선택한 출세길이었다. 이들 형제 가운데 맏형[왕의 친위대이다. 작품에서는 포로 이야기(1권 39~41장)의 주인공이자 화자로 등장한다]은 무를, 둘째는 상업을 선택하여 아메리카로 건너갔다. 그리고 막내는 살라망카 대학(산손 카라스코 학사도 여기서 수학했다)에서 공부를 마치고 판관(判官)이 되어 멕시코 지원(支院)에 부임했다. 성직자 계급은, 돈키호테의 이웃이자 친구인 페로 페레스 신부로부터 톨레도의 참사원과 다양한 교단의 수도승에 이르기까지 작품 곳곳에 등장한다.

　스페인에 새로운 교단이 많이 설립되면서 종교적 소명보다는 먹고사는 문제에 더욱 관심을 가진 남녀가 대거 성직자로 배출되었다. 그리고 펠리페 3세 시대의 궁정은 전국 각지로부터 부랑아, 죄인, 거지, 야심가들을 끌어들이는 거대한 자석과도 같았다. 1611년 정부는 이를 인식하여 궁정에서 빈둥거리는 귀족들을 일소하기 위해 대귀족들에게 그들의 영지로 돌아갈 것을 명했지만 별다른 효과를 거두지는 못했다. 귀족의 차남 이하 아들들과 몰락한 시골 귀족들은 출세 또는 잃어버린 재산을 되찾기 위해 마드리드로 몰려들었다. 당시 스페인 사회는 정직하게 일하는 한 사람당 서른 명의 식객이 딸린 균형감각을 잃은 사회로, 그림자를 실체로, 실체를 그림자로 착각하는 왜곡된 가치관을 지닌 사회였다. 그리고 이러한 실정은 17세기 스페인 문학의 '황금세기'를 이룬 많은 작품들에 그대로 반영되었다. 지식인들은 조국의 비극적 운명을 통감했으며, 이는 작가들의 특별한 상상력과 결합하여 창조적인 방향으로 꽃을 피웠다. 이 점은 특히 세르반테스에게서 잘 확인되는데, 그의 생애는 제국의 영광과 몰락이라는 두 시기를 아우르고 있다. 국가의 사회조직이나 경제조직은 예술가들을 적극적으로 후원했다. 사회의 상류층은 그들을 지원할 돈도 있었고, 작품을 즐길 여가도 있었다. 그리고 귀족들은 자신을 과시하는 방편으로 예술가들을 후원했다.

요약하자면 『돈키호테』는 모순과 아이러니로 가득 찼던 16, 17세기 스페인의 모든 사회 계급과 관습을 자세히 묘사했다. 매우 광범위한 직업과 직종을 보여주고, 민중의 신앙과 관습에 대한 완전한 파노라마도 제시했다. 당시 스페인이 직면했던 가장 중요한 갈등도 작품 속에 담겨 있다. 계급 사회의 정치 사회적 문제와, 정통 기독교도와 개종한 기독교도의 차별은 산초가 누차에 걸쳐 순수한 혈통을 변호하는 데서 엿볼 수 있다. 외국과의 전쟁 및 지중해까지 진출한 오스만 터키의 위협은 포로 이야기에서 찾아볼 수 있다. 모리스코인 추방령으로 야기된 비극은 리코테 가족의 방랑 생활에서, 카탈루냐 지방에서 성행했던 산적은 로케 기나르트 일당에서 엿볼 수 있다. 또한 당시의 관습과 습관도 기록되어 있는데, 돈 키호테 일행이 「어리석은 호기심」을 읽는 대목이나 같은 주막집에서 포로의 사연을 듣는 일화는 당시의 관습을 보여주는 일례라 하겠다.

세르반테스의 자화상

여기 여러분이 보시는 이 사람은 갸름한 얼굴과 밤색 머리카락,
시원스레 넓은 이마, 유쾌한 눈, 그리고 균형은 잘 잡혔지만 휘
어진 매부리코를 가지고 있습니다. 20년 전 금빛 나던 수염은
은빛으로 변했고, 긴 콧수염과 작은 입, 그리고 여섯 개밖에 남
지 않은 크지도 작지도 않은
이빨은 상태도 안 좋은 데다
비뚤어 제대로 맞물리지도
않습니다. 그의 체구는 거대
하지도 왜소하지도 않고, 피
부색은 갈색보다는 흰 편으
로 생기가 있습니다. 이것이

세르반테스의 초상화.

바로 『라 갈라테아』와 『돈키호테』를 쓴 작가의 초상화입니다. 그는 또한 세사르 카포랄 페루시노의 작품을 모방한 『파르나소 여행』과 작가의 이름도 없이 여기저기 나도는 작품도 몇 개 썼습니다. 그의 이름은 미겔 데 세르반테스 사아베드라입니다. 여러 해 군인 생활을 했고, 5년 반 동안 포로로 잡혀 있으면서 어려운 환경에서 인내하는 법을 배우기도 했습니다. 그는 레판토 해전에서 총탄을 맞아 왼손이 불구가 되었는데, 비록 그 상처는 보기 흉할지라도 그는 상처를 자랑스러운 추억으로 간직하고 있습니다. 전쟁의 위대한 승자 카를 5세 국왕의 깃발 아래 일어났던 전쟁이나 앞으로 일어날 그 어떤 전쟁보다 더 숭고한 전투에서 얻은 상처이기 때문입니다.

『모범소설』 서론에서
세르반테스가 직접 묘사한 자신의 자화상

　인생의 질곡이 깊었던 세르반테스의 생애에 대해서는 그리 자세히 알려지지 않았다. 미겔 데 세르반테스 사아베드라(Miguel de Cervantes Saavedra)는 1547년 9월 29일 마드리드에서 조금 떨어진 대학 도시 알칼라 데 에나레스에서 태어났다. 외과 의사인 아버지 로드리고 데 세르반테스와 어머니 레오노르 데 코르티나스의 일곱 자녀 중 넷째로 태어난 그는 가난한 유년 시절을 보냈다. 당시 외과 의사는 사혈(瀉血)이나 상처를 치료하는 정도로 이발사보다 조금 나은 수준이었다. 아버지는 귀가 잘 들리지 않아 세르반테스는 어려서부터 생활고에 시달렸다. 어린 시절 세르반테스는 부모를 따라 바야돌리드, 코르도바, 세비야, 마드리드 등 스페인의 여러 곳을 떠돌아다녀 정규 학교 교육은 거의 받지 못했다. 그의 학력에 대해서는 확실하게 알려진 바 없지만, 1568년부터는 기록이 비교적 자세히 남아 있다. 그해 세르반테스는 마드리드에서 에라스무스 사상의 추종자인 후안 로페스 데 오요스가 교장으로 있던 인문학교에서 수학했다는 기록이 남아 있다. 1568년 10월 이사벨 1세가 서거하자 이 학교에서 여왕의 죽음을 애도하는 책이 출판되었는데, 세르반테스의 시 몇 편이 이 책에 실린 것으로 알려져 있다.

이듬해 세르반테스는 교황의 특사로 스페인에 와 있던 아콰비바 추기경의 시종이 되어 이탈리아로 건너간다. 1570년 세르반테스는 이탈리아에 주둔 중인 스페인 보병대에 입대하여 이탈리아의 로마·나폴리·밀라노·피렌체 등지를 돌아다니며 당시 르네상스 말기의 이탈리아 문화에 깊은 관심을 갖게 된다. 1571년 교황청과 베네치아 공화국, 그리고 스페인 연합 함대가 투르크 함대를 무찌른 레판토 해전에 참전하여 총탄을 맞고 왼팔이 불구가 되어 '레판토의 외팔이'라는 별명을 얻게 된다. 세르반테스는 『돈키호테』를 쓴 오른팔의 영광을 드높이기 위해 왼팔을 희생했다고 자랑스레 말했다고 전해진다. 그는 1575년 군복무를 마치고 나폴리 항구를 출발하지만 항해 6일째 알제리 해적들에게 포로로 붙잡혀 5년 동안의 고달픈 포로 생활을 한다. 1580년 스페인의 삼위일체 교단의 신부들이 그의 몸값을 치러주어 마드리드로 돌아오게 된다.

세르반테스는 귀국 후 다시 군에 복무하지만 군 생활이 여의치 않자 몇몇 직업을 전전하다가 1585년 처녀작 『라 갈라테아』를 출판하고, 『누만시아』 『알제리 조약』 등 희곡 작품을 발표한다. 그리고 희극배우였던 젊은 미망인 아나 데 비야프란카와의 사이에서 유일한 혈육인 이사벨을 얻는다. 그러나 세르반테스는 비야프란카와는 이내 헤어지고, 서른일곱의 나이에 열아홉 살의 카탈리나 데 살라사르 이 팔라시오와 결혼한다. 생활고에 시달리던 세르반테스는 1587년부터 1594년까지 세비야에서 무적함대에 식량을 조달하는 일을 하고, 또한 세금 징수원이 되어 1년간 안달루시아에서 지낸다. 이 기간 동안 그는 몇 차례 감옥에 투옥되는 등 어려운 시기를 보낸다. 불후의 명작 『돈키호테』는 그가 세비야의 옥중에서 사회악과 부패한 현실을 냉철하게 풍자하며 구상한 작품이다. 1605년에 드디어 『재치 있는 시골 귀족 돈키호테 데 라만차』

1권이 출간된다. 이 작품은 출판과 동시에 선풍적인 인기를 얻어 출판된 그해 6판까지 인쇄되는 베스트셀러가 되지만, 생활고를 견디지 못한 세르반테스가 판권을 출판업자에게 넘겨버린 후여서 그에게는 아무런 경제적 이득을 가져다주지 못한다.

이후 세르반테스는 1608년에 마드리드로 이주, 그림자처럼 따라다니는 궁핍 속에서도 창작에 전념한다. 1613년 『모범소설』을 출판하고, 이어 1614년에 시집 『파르나소 여행』을, 1615년에 『재치 있는 시골 귀족 돈키호테 데 라만차』 2권과 『8편의 희극과 8편의 막간극들』을 출간한다. 『돈키호테』 1권에 이어 2권도 역시 많은 인기를 누리지만 유년기부터 그를 힘들게 했던 경제적 궁핍은 면하지 못한다. 1616년 4월 19일 세르반테스는 거동이 불편한 몸으로 『페르실레스와 시히스문다의 모험』을 완성, 4월 23일 손에서 펜을 놓지 않은 채 숨을 거둔다. 『페르실레스와 시히스문다의 모험』은 이듬해 유작으로 출간된다.

세르반테스의 유해는 카예데로페데레가에 있는 삼위일체회 탁발수도원에 매장되었으나, 무덤의 정확한 위치는 표시되어 있지 않고, 유언장도 남지지 않은 것으로 알려져 있다.

세르반테스의 문학 세계

시와 극작품

세르반테스는 창작 초창기부터 시와 연극에 많은 공을 들였으며, 평생 두 장르에 대한 미련을 떨치지 못했다. 하지만 시집 『파르나소 여행』을 제외하고는 그가 쓴 시의 대부분이 희극이나 소설 중간 중간에 삽입되었기 때문에 그의 시에 대한 평가는 상대적으로 많이 폄하되어 있는 편이다. 그리고 훗날 소설가로서의 명성이 그의 시 세계를 이해하는 데 많은 부담으로 작용한 것도 사실이다. 이미 세르반테스와 동시대에 살았던 사람들조차 그를 시인으로 인정하지 않으려 했으며, 몇몇 사람들은 시인으로서의 그의 자질을 신랄하게 비판하기도 했다. 게다가 세르반테스 스스로도 자신의 시를 경시하기도 했다. 그는 돈키호테의 서재 목록들을 검열하는 대목에서 신부의 입을 빌려 "시보다는 불행에 더 익숙한 사람"이라고 언급했다. 그리고 『8편의 희극과 8편의 간막극들』서론에서 누군가 "자기 산문에서는 기대할 게 많지만 시에서는 아무것도 기대할 게 없다."고 말했다고 불평하기도 했다. 『파르나소 여행』에서는 이렇게 한탄하기도 했다.

나는 시인처럼 보이고자

늘 열심히 노력하고 밤을 지새웠네

하지만 하늘은 나에게 재능을 주지 않았지

그렇지만 때로는 자신을 '시인들의 아담'이라 칭하면서 자기 시에 강한 자부심을 나타내기도 했다.

1605년 『돈키호테』로 문학적 성공을 거두기까지 세르반테스의 문학 생애는 희곡 분야를 제외하고는 거의 아무런 성공도 거두지 못했다. 세르반테스의 연극 제1기(1584~1587)에 해당하는 작품들은 대부분 아리스토텔레스의 미학을 따르는 것으로, 20여 편 이상이 있었지만 현재는 『누만시아 Numancia』와 『알제리 조약 Trato de Argelia』두 권만 전해지고 있다. 두 작품은 1585년경에 쓰인 작품으로 4막으로 구성된 운문극이다. 『누만시아』는 기원전 133년 로마의 장군 에시피온 에밀리아

노에 의해 파괴된 누만시아의 비극을 그린 것으로, 우의적인 인물들이 상징적으로 등장하면서 스페인의 높은 기상을 그려냈다. 『알제리 조약』은 5년간 알제리에서 포로 생활을 했던 세르반테스의 경험을 매우 사실적으로 묘사한 작품이다. 이 두 작품은 상징성과 사실성으로 세르반테스의 연극 제1기의 특징을 알려주는 귀한 것들이다.

『상연되지 못한 8편의 희극과 8편의 간막극들 *Ocho Comedias y Ocho Entremeses nuevos, nunca representados*』(1615)은 세르반테스 연극의 제2기(1595년 이후)에 해당하는 작품이다. '간막극'이라는 장르는 세비야 출신의 극작가이자 배우였던 로페 데 루에다의 '파소(paso)'에서 맨 먼저 시작한 것으로, 문학적 비중이 크지 않은 장르였다. 분량이 짧은 관계로 복잡한 구조나 커다란 볼거리는 제공하지 못했지만 당시 하층민의 삶과 애환을 코믹하고 재치 있게 표현한 장르로 많은 인기를 누렸다. 하지만 세르반테스처럼 '간막극'이라는 장르를 의식적으로 제목에까지 인용하여 출판한 작가는 없었기 때문에 세르반테스가 간막극에 갖는 관심과 애정이 특별했다고 볼 수 있다. 『8편의 간막극들』에 등장하는 인물들은 세르반테스의 대표작인 『돈키호테』 1·2권과 『모범소설』에서 친근하게 접할 수 있는 서민적인 인물들, 즉 주로 피카레스크 장르에 출현하는 풍자적인 인물들이다. 세르반테스는 피카레스크 소설에 많은 관심을 가졌지만 평소 아리스토텔레스의 시학에 충실했기 때문에 그에 반(反)하는 피카레스크 소설은 쓰지 않았다. 하지만 피카레스크적인 인물들을 작품 곳곳에 등장시켜 풍자적이고 해학적인 그의 작품 색깔을 한층 맛깔스럽게 표현했다. 귀족이나 성직자, 고급 군인과 같은 고위층은 거의 등장하지 않고, 주로 농사꾼, 불량배, 가난한 부르주와, 빈민이나 풍자의 대상이 되는 직업 계층인 변호사 또는 의사가 주로 등장하면서 그들이 속한 사회를 날카로우면서도 해학적으로 풍자했다. 사랑이나 명예의 문제는 희극에서만 다루고, 간막극에서는 희극에서 할 수 없었던 진한 농담이나 강도 높은 비평을 우스갯소리로 풀어서 얘기했다. 그렇기 때문에 간막극이 희극보다 장르상 열세인데도 불구하고 현재 간막극이 희극보다 훨씬 높은 평가를 받고 있는 것이다.

『라 갈라테아 *La Galatea*』(1585)

세르반테스의 처녀작인 『라 갈라테아』는 작가가 알제리의 포로 생활에서 돌아온 후 1583년에 탈고해 1585년 알칼라 데 에나레스에서 출판한 목가소설이다. 목가소설은 이탈리아의 산 나자로를 시작으로 포르투갈의 호르헤 데 몬테마요르의 『디아나』를 정점으로 발전한 장르로서 당시 기사소설과 더

불어 이상주의 문학으로 널리 읽혔다. 다른 목가소설들과 마찬가지로『라 갈라테아』역시 이상적인 자연 속에서 전형적인 목동과 목녀들이 나누는 사랑과 슬픔을 노래했다. 총 6권으로 구성되어 있는데, 여주인공 갈라테아와 세련된 목동 엘리시오, 촌스러운 목동 에라스트로와의 사랑을 얘기하는 큰 줄거리를 중심으로 6편의 이야기들이 복잡하게 얽혀 있다. 그 외에 다양한 시 형식과 연극 무대를 연상시키는 에피소드들도 함께 뒤섞여『라 갈라테아』는 '세르반테스 글쓰기의 첫 시험 무대' 라 불리기도 했다.

세르반테스는 첫 소설 작품에서부터 실험적인 작가의 모습을 드러냈다. 그는 등장인물들과 자연을 이상적으로 묘사하면서 목가소설 장르의 전통적인 기법을 따랐다. 하지만 이상화된 등장인물들과 자연에 자신의 실제 경험을 생생하게 녹여내어 보다 인간적으로 묘사했다는 평을 받았다. 가장 참신한 시도는 갈라테아의 사랑이라는 큰 줄거리를 중심으로 여섯 편의 이야기들을 연결해 결말까지 이어주면서 2권의 가능성을 열어두었다는 데 있다.

세르반테스는『라 갈라테아』2권을 자주 언급했으며, 이는 돈키호테의 서재 검열에서도 언급했다. 심지어 운명하기 사흘 전에 탈고한『페르실레스와 시히스문다의 모험』서론에서도 2권을 언급할 정도였다.

『모범소설 *Novelas Ejemplares*』(1613)

세르반테스는 1605년『돈키호테』1권의 엄청난 성공 이후 1613년에 12편의 단편소설들을 모은『모범소설』을 출간했다. 이 단편소설들의 정확한 집필 시기는 알 수 없으나 대략 1590년에서 1612년 사이에 썼고, 처음부터 한 권의 책으로 묶어낼 의도는 없었던 것으로 추정된다. 이탈리아 문학을 접했던 세르반테스는 평소 단편소설에 관심이 많아『라 갈라테아』에서도 여러 편의 단편소설을 삽입하기도 했다.『돈키호테』1권에서도「무모한 호기심」과 포로의 이야기를 소개하기도 했다.『모범소설』의「세비야의 건달들」과「질투심 많은 늙은이」는 1604~1606년의 필사본에서 이미 알려진 바 있고, 1613년 출판 당시「질투심 많은 늙은이」는 많은 부분이 교정되었다. 이로써 알 수 있듯이 세르반테스는『모범소설』의 출간을 위해 여러 시기에 걸쳐 써놓은 단편소설들을 수정, 작품의 전체 구도에 걸맞게 배열했다.

『모범소설』서두에서 세르반테스는 자신이 '스페인어로 소설을 쓴 첫 번째 작가'라는 강한 자부심을 내비쳤다. 세르반테스의 이러한 인식은 소설이란 장르의 탄생과 밀접한 연관 관계가 있다. 당시 소설은 저속한 의미로 사용되었기 때문에 세르반테스는 자신의 책 제목을『소설』이라 명하면서 굳이 '모범'이라는 단어를 덧붙여 책에 도덕적 가치를 부여하려 했다. 이 '모범'이라는 단어 사용에는 많은 비평가들의 논란이 따르고 있다. 정말 책의 내용이 도덕적이라 그런 명칭을 사용했는지, 아니면 책의 비도덕적인 내용을 감추고자 역설적으로 그런 단어를 사용했는지는 지금까지도 토론의 대상이 되고 있다. 하지만 세르반테스는 『모범소설』과 함께 스페인 단편소설의 새로운 장을 열었다. 물론 이탈리아 단편소설의 영향을 많이 받기는 했지만 세르반테스는 독창적인 줄거리와 획기적인 변화를 감행, 인물의 심리 묘사에 역점을 두면서 스페인적인 단편소설을 창조했다.

『페르실레스와 시히스문다의 모험』(1617)

이 소설은 사랑, 모험, 신앙이라는 세 가지 테마를 엮어 세르반테스가 가장 이상적인 소설 장르로 여긴 비잔틴 소설 양식을 띤 작품이다. 비잔틴 양식에 따라 '북극에 가까운 섬'이나 스칸디나비아라는 당시 소설의 무대로서는 경이롭고 광범위한 공간을 배경으로 했다. 세르반테스는 이러한 지역을 배경 삼아 독자에게는 새롭기만 한 사건들을 재현하고 모방해 환상으로 가득한 현실을 만들어냈다. 사실의 현실성을 차용하면서도 경이롭고 현실적 개연성을 잃지 않는 완전한 허구로 거듭나게 한 것이다. 이 작품은 페르실레스 왕자와 시히스문다 공주가 고향을 떠나 포로가 되기도 하고, 해적에게 붙잡혀 마녀의 주술에 걸리기도 하고, 이별과 재회를 반복하면서 포르투갈·스페인·프랑스를 거쳐 성지 로마에서 서원을 하고 그토록 고대하던 결혼식을 거행함으로써 행복한 결말을 맺는 이상주의 소설이다. 서글프고 고된 일상을 살아갔던 세르반테스에게 『페르실레스와 시히스문다의 모험』은 이상주의의 결정적 승리였다. 이 작품은 인간의 보편적인 가치를 중심으로 이상화되어 있으면서도 개성 있는 인물들을 특색 있게 그리고 있고, 그들의 욕망과 그 욕망을 분출하는 과정 역시 생생하게 묘사했다. 그러면서도 고도로 정제된 우아한 문체와 시적이고 환상적인 분위기와 함께 '소설가의 소설'로, '소설의 이상'으로 거듭났다.

Miguel de Cervantes Saavedra

『돈키호테』의 탄생

세르반테스는 『돈키호테』를 통해 대략 1598년부터 1620년까지의 스페인 상황을 묘사했다. 그 기간은 무적함대의 패배(1588)로 예감되었던 스페인의 몰락이 본격화된 시기였다. 합스부르크 왕가의 스페인은 외적으로는 유럽에서의 정치적·군사적 주도권 상실, 내적으로는 살인적인 인플레와 잦은 페스트의 창궐, 모리스코인의 추방으로 인한 농업의 몰락과 금융기관들의 도산, 그리고 도적떼의 출몰 등으로 이미 총체적인 위기에 접어들었다. 17세기 스페인 사람들은 이러한 위기에 내몰린 스페인 제국의 임종을 지켜보면서 환멸을 느꼈고, 세르반테스는 그러한 환멸의 시대를 『돈키호테』에 담아냈다. 세르반테스는 영광스러운 레판토 해전에 참가한 후 불구의 몸이 되지만 국가로부터 충분한 보상도 받지 못한 채 가난과 궁핍에 몰려 여러 차례 감옥에 투옥되면서 인생관에 큰 변화를 겪게 되었다. 그는 옥중에서 사회의 모순과 불의를 뼈저리게 체험하며 개인적인 환멸을 느꼈고, 이러한 사회악과 부패한 사회 현실을 냉철하게 풍자하는 불후의 명작『돈키호테』를 구상하게 되었다.

『돈키호테』는 역사와 분리된 소설이라는 새로운 장르에 대한 자각에서부터 출발되었다. 역사상 가장 위대한 소설로 손꼽히는『돈키호테』는 두 번 다시 나타나지 않을 열렬한 독자, 즉 라만차 지방의 시골 귀족 알론소 키하노의 이야기이다. 실제로 "길거리에 버려진 종이 쪼가리도 주워 읽기를 좋아했던"(1권 9장) 세르반테스는 돈키호테라는 인물을 통해 이상적인 독자를 창조해냈다. 알론소 키하노는 기사소설에 심취한 나머지 재산 관리는 뒷전이고, 나중에는 읽고 싶은 책을 구입하려고 전답까지 팔아치운 열렬한 독자였다. 독서하느라 거의 매일 밤을 뜬눈으로 새웠다(1권 1장).

> 그래서 잠은 부족하고 독서량은 많다보니 뇌수가 말라붙어 건전한 판단력을 잃게 되었다. (중략) 그리하여 그는 자기가 읽은 황당무계한 이야기가 모두 진실이라 믿게 되었고, 실제 세상의 이야기도 그 이야기보다 더 진실하지는 않다고 믿게 되었다.

이렇게 알론소 키하노는 책에서 읽은 내용을 모두 사실이라고 믿고 실천에 옮기기로 결심, '라만차 지방의 돈키호테'가 탄생하게 되었다. 알론소 키하노는 기사소설의 영웅들을 모방하고자 편력기사가 되었다. 따라서 돈키호테는 기사소설에서 태어났으며, 그의 활약상이 담긴 책 안에서 불멸을 얻게 되었다.

세르반테스가 처음에는 『모범소설』과 같은 형태의 단편소설을 쓰려 했다고 주장하는 비평가들도 있는 반면, 처음부터 장편소설을 쓸 계획이었다고 반론을 펴는 비평가들도 있다. 이미 오래 전 비센테 가오스는 두 주장 가운데 어느 한쪽만을 배타적으로 옹호하는 것은 밤하늘의 별을 세는 것과 마찬가지로 무익한 일이라고 했다. 이는 양쪽 주장 모두 어느 정도의 설득력을 지니고 있기 때문이다.

세르반테스가 처음 단편소설을 쓰려 했다는 주장에는 여러 가지 근거가 있다. 그 가운데 하나는 『돈키호테』 1권 1장에서 6장까지의 내용이 완결성을 지니고 있다는 점이다. 이 부분에서 돈키호테는 처음으로 집을 떠나 온몸에 부상을 입은 채 다시 돌아오며, 신부와 이발사가 서재를 검열하는 장면을 끝으로 하나의 줄거리가 완결된다. 그리고 장에서 다음 장으로 넘어가는 대목이 장 단위로 구별될 만큼 내용상의 차이가 현격하게 존재하지 않기 때문에 이 부분은 처음부터 장으로 나눠지지 않았을 것이라 추측된다. 1장부터 6장까지의 이야기에서 『로망스 단막극 Entremés de los romances』이라는 작품의 영향이 명백히 드러나는데, 이 또한 세르반테스가 단편 소설을 쓰려 했다는 주장을 뒷받침해준다.

16세기 말엽 작가 미상의 작품인 『로망스 단막극』에서 기사소설에 너무나 열중한 나머지 미쳐버린 농부 바르톨로는 기사소설의 영웅들을 흉내 내기 위해 집을 떠난다. 그는 우연히 만난 여자 목동 편을 들다가, 그녀에게 구애한 청년에게 심하게 매를 맞는다. 가족에게 구조되었을 때 바르톨로는 만투아 후작이 자신을 구한 거라고 상상한다. 이런 줄거리는 돈키호테의 첫 모험담과 흡사하다. 기사소설 때문에 정신이 나간 시골 귀족 돈키호테는 탐독했던 책 속의 영웅들을 모방해 편력기사가 되기 위해 집을 떠난다. 톨레도 상인들과 실랑이를 벌이던 돈키호테는 실컷 두들겨 맞고, 자신의 처지가 기사소설의 영웅 발도노비스의 이야기와 일치한다고 상상하면서 바르톨로가 읊었던 시를 읊조린다. 그리고 이웃 동네에 사는 농부의 도움을 받고는 만투아 후작이 자신을 구한 것이라 착각한다. 또 돈키호테는 다른 기사소설을 떠올리면서 자신을 무어인 아빈다르라에스라고 믿고, 자신을 구해준 농부를 성주 로드리고 데 바르바에스로 착각한다.

하지만 세르반테스가 처음부터 장편소설을 구상했다고

주장하는 비평가들은 『모범소설』과 같은 단편소설을 쓰려고 했다는 앞의 가설을 일축한다. 이들은 1장에서 6장까지의 완결성에 관해 돈키호테의 첫 모험은 두 번째 모험과 마찬가지로 반복·확장되는 구조의 원형적 틀을 예시한 것이라고 주장한다. 또한 첫 모험에 산초 판사를 동행하지 않았다고 해서 두 번째 모험이 계획에 없던 거라고 단정 지을 수 없다고 말한다. 돈키호테가 종자와 같은, 기사도에서 없어서는 안 될 중요한 요소를 간과했을 까닭이 없다는 주장이다. 산초가 주인이 주막에서 치른 그 우스꽝스러운 기사 서임식을 목격했더라면 절대 돈키호테를 주인으로 섬기지 않았을 것이고, 그래서 산초 판사를 첫 모험부터 등장시키지 않았을 것이라는 주장이다. 단편소설로 출발했다는 명제가 그럴듯하게 들릴 수도 있지만 이를 부정하는 논증들이 더 많기 때문에 세르반테스가 처음부터 장편소설을 구상했다는 가능성도 배제할 수는 없다.

그리고 여러 비평가들은 10년이란 세월을 가운데 두고 출판된 『돈키호테』 1권(1605)과 2권(1615) 사이에 많은 차이점이 있다고 지적했다. 사실 구체적으로 소설의 효시로 인정받을 수 있는 작품은 『돈키호테』 1, 2권 모두가 아닌, 2권에 한정되기도 한다. 1권이 기존의 제반 장르에 대한 의식적이고 직접적인 공격에 초점이 맞춰져 있다면, 2권은 이러한 공격의 결과로 얻어진 기사소설과 피카레스크 소설의 결합, 즉 소설이라는 새로운 장르의 형식을 구체화시킨 것이라 할 수 있다. 『돈키호테』에서 끊임없이 언급되는 '원작자' 또는 '화자'인 시데 아메테 베넹헬리는 1, 2권 사이의 이러한 발전적 변화를 잘 반영해준다. 시데 아메테 베넹헬리는 1권에서 2권으로 넘어가면서 '역사가'에서 '화자'로 바뀌어 지칭되었다. 1권에서는 기사소설의 사가(史家)로서 기사소설을 비판했다면, 2권에서는 완전히 소설이라는 장르의 화자로 형상화되었다는 점이 가장 큰 변화라 할 수 있다.

16·17세기 '소설'의 개념

16, 17세기 당시에는 기사소설(로망스)이나 목가소설, 피카레스크 소설과 같은 장편소설에는 '소설'이라는 용어를 사용하지 않았다. 단지 이탈리아 데카메론의 영향을 받은 단편소설만 소설이라 명했을 뿐이었다. 당시 소설은 기사들이나 시정잡배들의 이야기, 황당무계하고 비현실적인 이야기, 유치하기 그지없는 사랑 이야기 등을 가리키는 다소 저속한 의미로 이해되어 '역사'의 한 장르로 인식되었다. 하지만 근대에 이르러 가치관의 혼란과 함께 개인과 사회의 갈등이 야기되면서 새로운 사회를 묘사하고 풍자하는 데 가장 적합한 형식으로 자리 잡게 되었다. 새로운 형식으로 자리 잡은 소설은 시나 희곡과 같은 장르와는 달리 제대로 완성되지 않은 발

전 단계에 있는 장르이며, 스스로 창조해가는 새로운 글쓰기 양식이라 할 수 있다. 소설은 모방해야 할 규범이 없기 때문에 고대 아리스토텔레스 시학의 규범으로부터도 자유로울 수 있었다. 중세 오랜 기간 동안, 심지어 르네상스 훨씬 이후까지도 문학과 역사의 구별은 매우 불분명했다. 15세기 프로방스 시인들이나 마르케스 산티야나와 같은 스페인 시인들은 물론이고 세르반테스를 포함한 후기 소설가들조차 문학과 역사의 개념을 혼동하여 사용했다. 그리고 그 당시 시작의 근본적 본질은 오늘날과 같은 작가의 재능이 아니라 규범의 준수에 있었으며, 고전 작품의 모방 원리인 미메시스(Mimesis)가 가장 중요한 역할을 했다.

17세기 스페인의 유명 극작가 로페 데 베가는 목가소설을 가리켜 '진정한 역사'라 했으며, 당시 『돈키호테』보다 더 인기 있었던 피카레스크 소설 『구즈만 데 알파라체』의 작가인 마테오 알레만도 자기 작품을 가리켜 '문학적인 역사'라 칭했다. 그 시대에는 역사가 아직 픽션의 요소를 많이 함유하고 있었으며, 픽션도 역사의 사실적 내용을 존중하던 때인 만큼 픽션과 역사의 엄격한 구별이 없었다. 역사가들은 자신의 사서(史書)에 전설이나 우화, 이야기, 신화 등 허구적인 요소들을 삽입시켰으며, 픽션 작가들도 자신들이 서술하고 있는 이야기가 실제로 일어난 사실이라는 점을 누누이 강조함으로

써 독자들에게 더 많은 감동과 영향을 주고자 했다. 이렇듯 당시의 스페인어에는 소설과 역사를 구별해줄 단어가 없었고, 두 장르 모두 '역사'란 용어로 불렸으며 의미도 거의 동일시되었다.

반면에 '소설'이란 명칭은 주로 15세기 이탈리아 단편소설의 번역물을 지칭할 때 사용되었고, 현대적 의미의 소설은 16세기 초반기에 들어서면서, 그것도 주로 단편소설을 지칭하는 것이었다. 그러나 처음부터 현재와 같은 의미의 '소설'로 사용되기보다는 '거짓말', '농담', '속임수'와 동의어로 사용되었다. 그래서 소설은 '허무맹랑하게 꾸민 이야기', '사기', '의심스럽거나 믿을 수 없는 이야기'와 동일시되었다. 이런 저속하고 경멸적인 의미 때문에 작가들은 의식적으로 '소설'이라는 용어 사용을 기피했다. 이렇듯 소설은 주로 데카메론식 단편소설집을 가리켰으며, 이들 소설 대부분은 이탈리아 단편소설을 번역 내지 모방한 작품들이었다.

이제 소설은 여러 비평가들에 의해 다양하게 정의되지만 결국에는 '정의되지 않는 장르'로, '비규범성을 특징'으로 하는 '스스로 창조해가는 유동적이고 새로운 글쓰기 양식'이라는 점에 거의 모두 의견 일치를 보았다. 소설은 변화의 과정을 역동적으로 끊임없이 거치면서 앞선 장르들을 종합하기도 하고, 대치시키기도 하고, 또 새로운 요소들을 첨가하기도 한다. 세르반테스 역시 기존의 기사소설을 극복하려고 기사소설에 대한 패러디로 『돈키호테』를 쓰기는 했지만 목가소설이나 피카레스크 소설, 이탈리아 풍의 단편소설 등 여러 이질적인 장르들을 혼용했다. 최초의 근대 소설이라 불리는 『돈키호테』는 소설이라는 불완전한 장르에 대한 이러한 인식에서 비롯되었다. 이렇듯 『돈키호테』는 기존의 제반 장르와의 갈등을 통해 새로운 형태로 탄생된 산문 형식이며, 소설이라는 장르에 대한 의구심과 회의를 소재로 쓴 소설에 대한 첫 번째 이론서이기도 하다. 세르반테스는 자신의 작품 내에 소설이란 새로운 장르에 대한 변호와 이론을 구축해나갔으며, 특히 그의 대표작으로 꼽는 『돈키호테』는 '소설에 대한 소설' 또는 '소설론'이라 불릴 정도로 소설에 대한 이론을 많이 다루고 있다.

『돈키호테』에서 주로 나타나는 세르반테스의 소설론은 아리스토텔레스 시학의 영향을 받은 이론으로, 그 당시 16세기 말과 17세기 초 이탈리아·스페인 시학의 원리와 크게 다르지 않지만, 그의 이론이 갖는 의미는 이러한 시학의 원리를 소설에 적용시킴으로써 나름대로 '소설'이란 알려지지 않은 새로운 장르에 이론적 근거를 제시했다는 데 있다. 원래 당시의 바로크 문학 특성상 본 이야기 줄거리 외에도 시나 간막극, 비평 또는 교훈적 내용의 설교 등이 많이 혼재되어 있는

면을 고려해볼 때 『돈키호테』도 당시의 작품들과 크게 다를 바 없다. 하지만 『돈키호테』에서 언급되는 소설론의 강도와 빈도를 염두에 둔다면, 이 이론들을 끊임없이 거론하는 작가의 의도를 어느 정도는 엿볼 수 있다. 그리고 『돈키호테』가 갖는 또 다른 의미는 이런 이론들이 세르반테스 특유의 독특한 문체와 독창성과 잘 결합되어 작품에서 아무런 무리 없이 소화 흡수됨으로써 근대 소설의 새로운 장을 열어주었다는 점이다.

『돈키호테』의 현실과 환상의 조화

문학과 삶의 상호작용

문학과 삶의 상호작용은 『돈키호테』의 기본 테마이다. 세르반테스는 기사소설의 정체를 폭로하겠다고 선언한 후 삶과 문학적 허구를 구별하지 못하는 인물을 주인공으로 그려냈다. 그리고 그 폭로 방법으로 패러디를 택해 기사소설을 패러디 대상의 중요 요소로 작품에 포함시켰다. 기사소설은 로시난테나 이발사의 세면 대야와 마찬가지로 『돈키호테』라는 책 속에서 존재하며, 너무도 생생하게 현존한 까닭에 몇몇 작품은 불에 태워지기도 했다. 하지만 세르반테스의 독창성은 기사소설을 직접 패러디한 데 있는 것이 아니라 미친 기사가 기사소설을 모방하고, 그 기사소설을 문자 그대로 삶에 적용하려는 과정을 통해 무의식적으로 기사소설을 패러디했다는 데 있다.

돈키호테의 광기는 기사소설과 관계가 있으나, 이보다 더 본질적인 것은 책의 허구적인 속성과 관계가 있다는 데 있다. 돈키호테가 부활하려고 했던 기사의 황금시대는 실제 중세 시대와는 아무 관계가 없다. 돈키호테는 허구의 이야기 세계 전체를, 즉 기사·공주·마법사·거인을 비롯한 모든 것들을 자기 경험의 일부분으로 포함시키는 것 외에는 관심이 없다. 일단 자신이 실제로 편력기사이며 허구 세계가 사실이라고 믿는 돈키호테는 완벽한 흉내 내기의 절정에서 물러나 광기로 빠져든다. 그래서 돈키호테는 이러한 허구 세계 바깥에서는 극히 이성적이고 사리 판단이 명료한 사람이 된다. 이런 의미에서 돈키호테는 몸소 문학적인 삶을 살고자 노력한 인물이다.

돈키호테가 선택한 문학은 극도로 허구적이고 저질적인 서사시 형식이다. 그리고 돈키호테는 이상화되고 초인적인 기사소설의 영웅이다. 돈키호테는 고난과 위험을 통해 명예와 영광을 성취하려는 서사시적 열망과, 봉사라는 기사도의 이상과, 그리고 세상을 자기 방식대로 만들려는 영웅적 충동을 지니고 있다. 여기서 한 걸음 더 나아가 지상적이고 역사적인 자신의 존재를 벗어버리고 정화된 시의 영역에서 살고

자 애를 썼다.

이처럼 고군분투하는 인물에 대한 세르반테스의 이야기 자체가 시적 허구이다. 즉, 작품에서 말하는 삶 자체가 세르반테스의 문학적 창조물인 것이다. 돈키호테는 살아가는 동안 삶을 예술로 만들려고 하지만 이는 불가능하다. 삶과 예술은 별개이지만 그 차이가 무엇인가 하는 문제가 세르반테스를 당혹스럽게 만들고, 또 매료시켰다.

이제 돈키호테가 실제적이고 확실하게 기사소설을 모방하는 방법은 익히 알려진 예술적 수단을 사용하는 것, 즉 기사소설을 쓰는 것이었다. 사실 돈키호테는 처음부터 이를 시도했다. 돈키호테는 여러 차례 미완의 소설 『그리스의 돈벨리아니스』를 완성하고 싶은 충동을 느꼈으며, "만약 좀 더 중요한 생각에 골몰하지 않았더라면"(1권 1장) 돈키호테는 그 일을 성공적으로 완수했을 것이다. 그러나 돈키호테는 기사소설에 너무도 완벽하게 사로잡혀 있었기 때문에 펜 대신 칼을 쥐게 되었다.

돈키호테는 여러 면에서 훌륭하지만 그 중에서도 자신만의 독특한 방식을 지닌 예술가이다. 그의 첫 번째 매체는 행동이고, 그 다음이 말[言語]이다. 돈키호테는 어느 의미에서는 자신의 전기를 쓰는 저자이다. 관습적인 문학적 표현, 즉 기사소설을 쓰겠다는 생각을 포기했을 때조차 돈키호테는 여전히 작가의 특성을 많이 보유하고 있다. 그는 때로는 시를 짓고 기사소설의 고풍스런 언어를 모방한다. 모험을 나서는 돈키호테는 자신의 행적을 기록하는 연대기 작가를 앞질러 출발 장면을 언어 형식으로 옮겨놓는다. 화려하고 고상한 돈키호테의 언어는 실제 작가가 사용하는 문체와는 대조적으로 장려하고 아이러니컬한 분위기를 만들어낸다. 1권 21장과 50장에 나타나는 돈키호테의 환상, 그리고 양떼와 벌인 전투의 묘사는 눈부신 짜깁기(pastiches)이며, 이에 영감을 준 글 못지않게 터무니없다. 돈키호테는 수차례에 걸쳐 문학에서 자극을 받는다. 시에라 모레나 산에서 카르데니오의 시를 발견한 돈키호테는 곧장 모방하고 싶은 생각이 든다. 카르데니오가 『아마디스 데 가울라』를 언급하자, 이를 빌미로 돈키호테는 이야기에 간섭하고 마침내는 곤란한 지경에 이른다. 그리고 가이페로스와 멜리센드라의 사랑을 주제로 한 인형극을 보고 별안간 분노를 터뜨리기도 한다.

돈키호테의 예술적 본능은 행동에서도 드러난다. 돈키호테는 능숙한 작가처럼 오랫동안 숙고한 끝에 이름을 짓고, 많은 노력을 들여 출정 준비를 한다. 시에라 모레나 산에서 고행할 때처럼 주변 여건이 마음에 들 경우에는 사소한 것까지도 세심한 주의를 기울이고 강렬한 관심을 쏟는다. 이것이 행동하는 예술이다. 비록 이 역시 광기일지라도.

하지만 불행히도 돈키호테는 서툰 예술가이자 실패한 예술가이다. 자신의 능력을 과대평가한 나머지 지극히 다루기 어려운 소재인 삶의 어려움을 과소평가한 것이다.

돈키호테는 희극적 패러디를 만들어냈다. 돈키호테는 예술가이므로 모종의 예술 원리를 자신의 행동에 적용하기도 했다. 세르반테스가 그러한 예술 원리를 의식하고 썼는지는 전혀 알 길이 없다. 아마도 의식하지 못했을 것이다. 하지만 작가가 애초에 쓰려고 했던 것 이상의 내용을 담고 있다는 점이 『돈키호테』와 같은 소설이 누리고 있는 특권이라 할 수 있다.

현실과 환상의 교차

돈키호테는 책의 진실함을 증명하기 위해 현실을 기호화하는데, 그 현실은 마법에 걸려 있어 어떠한 모습으로든 변형이 가능한 세계이다. 이렇게 마법에 걸린 세계는 카니발화된 세계이며, 또한 비재현적 세계이다. 언어는 현실을 지시하는 것이 아니라 현실에 마법을 거는 것이다. 즉, 소설은 언어의 가설적 구조물인 것이다. 그래서 산초의 당나귀 도난 사건이나 산초 아내의 이름 등에서 세르반테스는 명백한 오류를 저지른다. 하지만 세르반테스는 이러한 실수를 교정하지 않고 오히려 자신의 글을 차별화된 작가와 역자, 독자 간의 유희

대상으로 삼는 고도의 테크닉을 구사하여 실수의 미학 또는 의도된 실수를 조장한다. 이렇듯 소설의 세계는 쓰고 지울 수 있는 유희의 대상인 것이다.

돈키호테가 몬테시노스 동굴에 내려가 경이로운 궁전에 사는 몬테시노스의 영접을 받는 광경(2권 22~23장)은 환영과 꿈과 현실이 뒤범벅이 된 세상을 보여준다. 보는 관점에 따라 현실과 꿈은 교차되고 한순간에 존재론적 무게가 뒤바뀌어 무한한 변화 가능성의 세계로 인식된다. 몬테시노스 동굴에 서의 얘기를 들은 산초는 돈키호테가 완전히 미친 것이 아닌가 하고 의심한다. 둘시네아가 마법에 걸려 추하게 되었다고 꾸며낸 자가 바로 산초 자신이기 때문이다. 마법을 건 자가 마법에 걸린 꼴이 되어버린 격이다. 즉, 현실은 기호로, 기호는 현실로 끊임없이 순환되는 '꿈―현실'의 고리가 완성되는 것이다.

몬테시노스 동굴과 페드로의 인형극은 『돈키호테』의 전체 구조를 형상화하고 있다. 인형극을 관람하는 돈키호테는 관객(실제인물―독자)으로서 다른 차원의 세계인 연극을 관람한다. 돈키호테는 처음에는 연극의 비현실성을 이해하는 듯하다가 점차 현실과 연극을 혼동하여 이야기를 서술하는 소년에게 이야기를 일직선으로 진행시키라며 연극에 개입하기 시작한다. 돈키호테가 관객의 입장에서 요구하는 것이다.

그러나 페드로가 무대 뒤에서 소년에게 "이 어른 말씀대로 해."라고 개입하는 순간 서술의 층위(層位)는 무너진다. 페드로가 인형극을 진행하는 서술자의 입장에서 관객의 입장을 고려했기 때문이다. 결국 인형극은 약자를 도와 정의를 구현하려는 돈키호테의 직접적인 개입으로 난장판이 되고 만다(2권 26장).

> 당신이 쓰러뜨리고 부수고 죽이고 있는 것은 진짜 무어인이 아니라 마분지로 만든 인형이오.

이렇듯 현실과 허구는 교차되고 이야기의 층위는 혼합된다. 이렇게 인형극은 『돈키호테』의 서술의 층위와 이야기의 층위를 나타내고 있다. 즉, 페드로는 시데 아메테 베넹헬리를, 소년은 세르반테스를, 인형극의 인형들은 돈키호테 외 등장인물들을 나타내는 것이라 할 수 있다.

페드로와 시데 아메테 베넹헬리는 원작자로서 전체를 통괄하지만, 관객 또는 독자에게 직접 사건을 전달하는 자는 해설가인 소년이나 화자인 세르반테스이다. 그리고 이러한 사건의 전개는 인형과 작중인물로 형상화되어 나타난다. 이 개별 그룹들은 서로 다른 층위에 위치하고 있지만 인형극에서처럼 시데 아메테 베넹헬리, 세르반테스, 돈키호테는 같은 차원의 존재로 서로 교우하기도 하고 어긋나기도 한다. 허구와 현실이 분명히 경계를 긋는 차원에서는 광기와 이성으로 분별되는 대립 구조를 이루기도 하고 혼재되기도 하여 이른바 '장자의 꿈'이 되기도 한다. 다시 말해서 소설은 언어의 가설적 구조물로서 현실의 법칙과는 다른 언어의 유희임을 분명하게 보여주는 것이다.

몬테시노스 동굴과 인형극의 에피소드는 소설이 언어로 구성된 허구적인 세계임을 스스로 드러낸다. 이렇게 『돈키호테』는 자성적인 문학적 장치를 통해 소설이 언어로 구성된 인공물임을 보여준다. 문학비평이 『돈키호테』 작품에 내재되어 있는 것이다. 소설은 현실의 재현이 아니라 꾸며낸 이야기이다. 마법을 거는 자와 마법에 걸린 자 모두 마법이라는 동일한 공간 내에서 유희한다. 그리고 이러한 허구와 현실의 교차를 고려한다면 허구와 현실은 동일한 것에 대한 양면이 될 수 있다. 놀이에 참가하려면 놀이의 법칙을 준수해야 하듯이, 돈키호테가 미쳤다는 사실을 작가와 독자가 인지한다면 모든 것은 가능해진다. 그리고 독자나 작가가 작품의 허구성을 허구로 인정하는 것은 허구에 대한 작가의 자율권을 인정하는 것이 된다. 이렇게 세르반테스는 사실주의와 환상의 병치, 자성적 소설이라는 두 가지 전통의 창시자가 되었다.

돈키호테와 산초의 상호 보완적 이중성

릴리가 언급한 것처럼 『돈키호테』는 삶과 문학, 그리고 살아 있는 삶과 꿈꾸는 삶의 총체적 결합이라 할 수 있다. 즉, 사실주의와 환상이 기발하게 통합되어 있다. 인간적인 것은 모두 상대적이어서 포착하기 어려운 현실을 다각적으로 조망하면서 복잡다단한 인간관계를 소설화한다는 것이 얼마나 어려운 작업인지를 극명하게 보여주는 작품이라 할 수 있다. 이것이 극단적인 독단론을 피하고 단순화를 경계하는 세르반테스의 관대한 포용력의 기반이다. 1권 44장의 대야 투구(baciyelmo)라는 독창적인 신조어가 한 예라 할 수 있다. 이 단어는 맘브리노의 투구라고 우기는 돈키호테와 이발사의 놋대야가 분명하다고 여기는 등장인물들 사이의 논쟁을 해결하기 위해 산초가 만들어낸 말이다. 이 '대야 투구'는 인간사의 상대성과 세계에 대한 언어적 전망을 보여주는 대표적인 기호라 할 수 있다.

세르반테스는 인간 존재와 관련한 모든 관심사를 『돈키호테』에서 녹아내리려고 노력했다. 세르반테스는 『돈키호테』를 창작하게 된 첫 번째 목적이 동시대 독자들에게 기사소설의 황당무계함을 일깨워주는 데 있다고 누차 강조했다. 실제로도 『돈키호테』는 기사소설의 황당무계한 이야기를 패러디했다. 하지만 그게 전부는 아니다. 만일 『돈키호테』가 기사소설에 대한 풍자에 불과했다면 이 소설의 명성은 패러디 문학의 쇠퇴와 더불어 사라졌을 것이다. 『돈키호테』는 내용과 형식의 복합성과 풍부함, 다양한 해석을 가능하게 하는 보편성과 다의성 때문에 지금까지도 세계 문학에서 불후의 명작으로 인정받고 있다. 이런 이유로 이 작품에 대한 해석은 무궁무진하다. 유머러스하다, 인간의 이상에 대한 조롱이다, 씁쓸한 아이러니가 묻어난다, 자유에 대한 찬양이다 등등 여러 평가가 가능한 것이다.

앞에서 언급했듯이 『돈키호테』는 이른바 스페인 황금세기의 파노라마, 즉 16세기에서 17세기로 넘어가는 펠리페 국왕 시대의 스페인 사회상에 대한 완벽한 기록으로서 모든 계급의 등장인물, 다양한 직업과 직종, 갖가지 민간 신앙과 관습을 훌륭하게 재현하고 있다. 이 작품의 주인공 돈키호테와 산초는 인간 존재에 대한 뛰어난 문학적 종합명제이다. 산초의 행동은 물질적인 가치에 집착하는 반면, 기사로서 돈키호테의 행위는 전력을 다해 자신의 이상을 수호하는 좋은 본보기이다. 이 둘은 대립적인 관계가 아니라 상호 보완적 관계이다. 그리고 기사의 광기는 물질적인 면과 이상적인 면을 동시에 지니고 있는, 종잡을 수 없이 복잡한 인간의 특성을 드러내고 있다.

또한 돈키호테는 윤리적·심미적 이상을 추구하는 삶의 본

보기이다. 그는 세상의 정의를 수호하기 위해 편력기사가 되었고, 처음부터 문학작품 속의 등장인물이 되기를 열망했다. 다시 말해서 선을 추구했고 인생을 예술 작품처럼 살려고 했다. 책 속의 주인공이 되기를 원했으며 나중에는 역사가(이야기꾼)가 되어 자신의 삶을 기록하려고 했다. 그래서 "완전하고 명성 있는 편력기사가 갖추어야 할 모든 것"을 실행에 옮기려고 결심하고 여러 인물을 흉내냈다. 『돈키호테』 2권에서 돈키호테는 이미 문학작품의 등장인물(1권의 주인공)이 되었기 때문에 세 번째 출정에서는 무엇보다도 세상 사람들이 자기를 알아보는지 알고 싶어 한다. 그는 1권을 읽은 산손 카라스코와 공작 부처 등 등장인물을 통해 사람들이 자신을 알고 있음을 확인한다. 이에 덧붙여 자신에 대한 세간의 인식을 확고히 하기 위해 아베야네다의 『위작 돈키호테』를 언급하기도 한다(2권 59장, 72장). 돈키호테는 백월의 기사와의 결투에서 패한 후 편력기사 역할을 포기해야 하지만, 그런 고통의 순간에도 예술 작품으로서의 삶을 포기하지 않고 목동이 되기로 결심, 이로써 전원적 아르카디아라는 르네상스 신화가 중세 편력기사의 신화를 대체하게 된다.

유희적인 글쓰기

상대론적 관점

『돈키호테』는 다양한 관점을 포함하고 있는 소설이다. 단 하나의 관점에 지배되기보다는 다양한 관점을 포함하고 있어 다채롭다. 마찬가지로 이야기의 모든 측면에 스며 있는 상대주의는 단순화와 독단의 위험을 막아준다. 『돈키호테』의 첫 부분은 작가가 라만차 지방의 서고에서 돈키호테에 대한 자료를 찾는 사가(史家)로 제시되면서 이야기에 대한 이야기로 시작된다. 또한 세르반테스는 작가의 관점에서뿐만 아니라 독자와 등장인물의 관점에서 자신이 창조한 세계를 바라본다. 이는 마치 세르반테스가 거울이나 프리즘을 가지고 놀이를 하는 것과도 같다. 일종의 굴절 과정을 통해 세르반테스는 작품에 부가적 차원을 부여하거나, 부여하고 있다는 환상을 만들어낸다. 세르반테스는 일반적인 의미에서 등장인물과 자신을 동일시하지 않지만, 한 사람 또는 그 이상의 극중 인물의 시각을 통해 행동을 기술함으로써 현대 소설가들의 기법을 예고한다.

상대론적 관점에 의한 소설적 유희를 창출해내는 것이다. 라만차의 어느 마을의 한 시골 귀족의 이름을 기억하면서 키하다, 케사다, 키하나, 키하노 등 여러 이름이 거론된다. 실제 인물에 대한 이름이라면 명확해야겠지만 문학적으로 꾸며내는 이야기인지라 이름은 중요하지 않다는 식이다. 즉, 처음부터 세르반테스는 소설의 존재론적 위상을 철저하게 인식한 것이다. 문학적 관습을 수용하긴 하지만 자신의 독특한 입장을 강조하는 세르반테스의 개성은 『돈키호테』의 첫 도입 부분부터 분명하게 드러난다.

게다가 많은 등장인물이 끊임없이 대화에 참여하고, 인물들은 각자 자신의 관점을 보여주면서 구사하는 언어에 의해 독특한 개성을 얻는다. 다양한 관점은 처음부터 표명되어 1권 2장의 화자에 따르면, 일부 사람들은 돈키호테의 첫 모험이 라피세 관문의 모험이었다고 하고(첫 번째 관점), 다른 사람들은 풍차의 모험이었다고 주장한다(두 번째 관점). 하지만 라만차 지방의 기록에 의하면 그날 특별한 일은 하나도 없었다고 한다(세 번째 관점).

이러한 절대적 확실성의 결여로 인해 기사로서 시골 귀족의 이름은 돈키호테이지만 나중에는 '슬픈 얼굴의 기사', '사자의 기사'라는 호칭을 가지고 돈아소테, 돈히고테처럼 웃음거리가 되기도 하며, 키호티스 목동이라 불리기도 한다. 그리고 출신이나 출생지를 분명하게 밝히는 전통적인 모델인 아마디스 데 가울라와 라사리요 데 토르메스의 형식을 수용하여 돈키호테 데 라만차라 명명하긴 하지만 곧바로 이 전통을 부정한다. 분명한 지명이나 출신을 밝히지 않고 "그 이름을 기억할 수 없는 라만차라는 어느 마을에…… 한 시골 귀족이 살고 있었던 것은 그리 오래된 일이 아니다."(1권 1장)라고 모호하게 만드는 것이다.

이렇듯 사건은 기사소설처럼 머나먼 땅에서 일어나지 않고 라만차라는 가까운 곳, 먼 시간에서 일어난 것이 아니라 바로 가까운 과거의 일임을 밝히고 있다. 이렇게 세르반테스는 결정론에서 해방되어 자유로운 현실을 창조함으로써 문학에 등장하는 인물들의 삶을 자유롭게 했다. 이와 마찬가지로 다른 등장인물도 여러 개의 이름을 갖고 있다. 이 모두는 여러 가지 의미에서 소설 전체를 관류하는 다양한 관점의 결과이다. 그리고 그 유명한 세르반테스의 부주의, 즉 산초 판사의 아내 이름을 후아나 구티에레스, 마리 구티에레스, 후아나 판사, 테레사 판사, 테레사 카스카호 등 경우에 따라 아무렇게나 부른 것까지도 이러한 맥락으로 해석할 수 있다.

또한 상대적 관점은 수많은 보통명사의 형식에서도 찾아볼 수 있다. 세르반테스는 종종 동일한 의미를 지닌 다양한 방언을 구사했다. 이에 대한 좋은 실례가 음식 이름이다(1권 2장).

그 생선은 카스티야에서는 '명태' 라고 하고, 안달루시아에서는 '대구' , 어떤 지방에서는 '노가리' 라고 부르고, 또 어느 곳에서는 '북어' 라고 부른다.

마른 대구를 지칭하는 이러한 명칭은 다양한 통로를 통해 동일 현실에 접근하려는 수많은 시도 가운데 하나이다. 동일 현실을 바라보면서도 그것은 보는 사람의 관점에 따라 상이하게 지각된다는 것을 암시한다. 바로 이것이 돈키호테가 "네 눈에는 이발사의 대야로 보이지만 내게는 맘브리노의 투구로 보인다. 다른 사람에게는 또 다르게 보이겠지."라고 말한 물건을 가운데 두고 빚어진 논쟁을 중립적으로 해결하기 위해 산초가 지어낸 기발한 신조어 '대야 투구' 가 존재할 수 있는 근거이다. 또한 여기서는 다양한 인간 존재에 대한 세르반테스의 넓은 포용력도 드러난다.

세르반테스는 기법적인 면에서 여러 허구 작가들을 등장

시켜 다층적인 현실을 포착하기 위한 다양한 화자의 시점을 이용한다. 무어인 역사가 시데 아메테 베넹헬리, 아랍어로 된 원본을 스페인어로 옮긴 모리스코인 역자, 그리고 제2의 저자로 소개되는 세르반테스가 화자로 등장한다. 이렇게 세르반테스는 다양한 화자들 간의 대화를 통해 이론적으로 문학적 오류를 정정하고, 등장인물들 간의 관점의 차이로 인해 야기되는 여러 현실에 대한 메타픽션적 토의를 끝없이 전개한다. 등장인물들이 『돈키호테』 1권을 비평하는 방식은 '대화'를 통해서이며, 이 대화는 종래 그리스·로마 시대부터 르네상스 시대에 절정을 이룬 지식 계층의 현학적 지식을 전수하기 위한 매개체로서가 아니라, 소설의 픽션화를 위한 새로운 예술적 매개체로서 그 모습을 드러내게 된다.

『돈키호테』는 '대화'를 중심으로 이루어진 시점의 유희를 위한 작품이라 해도 과언이 아니다. 엄밀한 의미에서 보면, 이 작품의 틀이 되는 아랍어로 쓰인 작품을 스페인어로 번역하는 과정도 텍스트 간의 대화라 볼 수 있다. 우선 돈키호테와 산초의 대화가 큰 골격을 이루며, 신부와 이발사, 신부와 교회법 연구인 간의 대화가 가상 기초적이라 볼 수 있다. 그리고 서문에 등장하게 되는 작가와 그의 친구 간의 대화, 작품 내 삽입된 등장인물들이 읽는 텍스트들(예를 들어 「무모한 호기심」)과 그 후 이 등장인물들의 대화를 통해 읽은 작품에 대한 비평, 그리고 『돈키호테』 텍스트 자체에 대한 인물들의 대화를 통한 비평 등을 나열할 수 있을 것이다. 이와 같이 대화를 통해 등장인물들뿐만 아니라 텍스트와도 상호 거리감을 두어 여러 의견의 대립을 그대로 노출시킴으로써 소설의 원근화법이 가능하면서 패러디가 이루어진다. 이러한 저자, 역자, 화자, 독자들 간의 유희를 통해 세르반테스는 단성적 소설이 아닌 다성적 소설 세계를 전개하면서 모호함과 의구심을 만들어간다. 바흐친은 이러한 다성적 소설 세계가 세르반테스의 『돈키호테』에서 시작하여 17세기의 피카레스크 소설을 거쳐 거의 모든 현대 소설에 계승되었다고 보았다.

소설적 유희

문학적 글쓰기는 현실의 모방이나 반영이라기보다는 유희의 산물이며, 이런 점을 극명하게 보여주는 작품이 바로 『돈키호테』이다. 『돈키호테』는 당대 현실과 기사소설에 대한 비판이며, 문학에 대한 이론적 탐구이며, 보편적 인간성에 대한 철학적 탐구이다. 엄격한 사상 통제와 검열이 횡행했던 17세기 당시 스페인에서 많은 작가들에게 이러한 통제와 검열을 피할 수 있는 가장 효과적인 방법은 광기와 꿈으로 도피하는 것이었다. 그리고 이 광기와 꿈을 통해 기존 현실의 법칙을 무시하는 또 하나의 세계를 창조할 수 있었다. 그들의 세계는 언어로 이루어진 비현실적인 가상세계였지만 그들은 누구보다도 이 가상세계의 파괴력을 잘 알고 있었다.

『돈키호테』의 구성은 매우 복잡하고 다양한 이야기 기법에 기초하고 있는데, 1권 9장에서 이 기법은 무한한 가능성을 드러낸다. 1권 9장에서 세르반테스는 '발견된 원고'라는 기교를 사용하여 이야기의 저자는 무어인이고, 아랍어를 스페인어로 번역한 사람은 모리스코인이라고 꾸며댄다. 발견된 원고라는 기법은 기사소설에서 사용된 기법의 패러디이다. 기사소설의 경우 원고의 저자는 주로 마법사나 현인이 된다. 그러나 세르반테스는 여기서 한 걸음 더 나아가 이 기법을 이용하여 돈키호테의 모험에 상당한 개연성을 부여하고 다양한 관점에서 돈키호테의 모험을 조망했으며, 그때까지 어떤 작가도 성취하지 못했던 예술적 자유를 최대한 구가했다.

『돈키호테』라는 허구 속에서 시데 아메테 베넹헬리라는 무어인 역사가는 『돈키호테』의 첫 번째 저자이고, 톨레도에 거주하는 모리스코인은 첫 번째 번역자로 등장한다. 세르반테스 자신은 『돈키호테』의 두 번째 저자라는 허구적 인물로 등장한다. 이 두 번째 저자는 고도의 전지적 화자를 통해 독자에게 이야기를 전달하며, 마음이 내키면 어디에서나 논평을 가한다. 모리스코인의 번역을 통해 모든 이야기를 사전에 읽은 화자는 방대한 지식과 자유를 누리기 때문이다. 그리고

1권을 읽은 독자들 또한 허구적 인물로 텍스트에 등장한다.

이와 같은 저자, 번역자, 화자, 독자의 다양한 유희는 비상한 창작의 자유를 가능하게 하는 동시에 작품을 모호하게 만들고 의심스럽게 한다. 세르반테스는 자신이 창안한 수많은 기법을 자랑스럽게 여겼으며, 결함을 방어하는 수단으로 이를 이용했다. 세르반테스는 문학적 오류는 항상 시데 아메테 베넹헬리나 모리스코 번역가의 탓으로 돌린다. 시데 아메테 베넹헬리는 진실을 말하는 역사가인 동시에 거짓말을 잘하는 무어인이다. 어떻게 무어인이 쓴 이야기를 진실이라고 믿을 수 있단 말인가? 모리스코인이 충실하게 번역했다고 누가 단언할 수 있단 말인가? 그렇기 때문에 모든 것이 가능해진다. 그래서 시데 아메테 베넹헬리조차도 번역본에 대한 불만을 토로할 수 있는 것이다. 모순과 거짓말로 판명된 사실은 모두 설명이 가능하며, 몬테시노스 동굴의 일화처럼 무한히 복잡해진다. 1권에서 산초의 당나귀 도난 사건과 관련된 오류도 2권에서는 인쇄공의 실수 탓으로 돌릴 수 있는 것이다.

『돈키호테』의 광기

기사도 코드에 따른 돈키호테의 광기

르네상스 시대의 광기는 병이 아닌 특별한 통찰력이나 악마의 영역으로 간주되었다. 이러한 광기는 이탈리아 작가 아리오스토의 『광란의 오를란도』와 에라스무스의 작품 『광기예찬』에서도 흔히 찾아볼 수 있다. 『돈키호테』 『리어왕』 『맥베스』가 1605년 같은 해에 출간된 것은 우연이 아니다. 두렵지만 매력적인 광인의 존재는 이중적이었다. 그리고 이러한 광기는 『돈키호테』에서 현실과 환상의 경계를 무너뜨리는 효과적인 수단으로 사용되었다. 돈키호테는 기사소설을 탐독하는 편집증 환자이다. 화자는 돈키호테가 미친 사람이라고 단정하고, 대부분의 등장인물도 돈키호테를 구제 불능의 광인이라고 생각하며, 몇몇 등장인물은 돈키호테가 간간이 뛰어난 명석함을 자랑하기 때문에 '반쯤 미친 사람'이라고 간주한다. 돈키호테의 광기는 편력기사에 관해서만 국한되고, 다른 분야에서는 분별력을 발휘한다. 광기와 이성적 분별력의 유희는 현실의 코드를 무력화한다. 이러한 돈키호테의 광기는 기사도에 따라 소설에서 코드화된 유희의 결과이다. 그는 숭고한 이상을 추구하지만 현실과 충돌한다. 다른 이들은 이러한 법칙을 준수하지 않기 때문에 돈키호테만 미치광이인 척하며 편력기사의 임무를 수행하게 된다. 그는 이 임무를 수행하기 위해 기사소설을 탐독하며 현실을 변형시켜 기사소설을 끌어들인다. 그의 모든 행위는 기사소설의 지침대로 주막을 성으로, 풍차를 거인으로, 화류계 아가씨를 공주로 본다. 자신의 기도가 우스꽝스럽게 끝나면 기사소설 코드에 의해 설명하며, 나쁜 마법사들이 자신의 영웅적 행동을 시기하여 현실에 마법을 걸었다고 해명한다. 2권 29장의 '마법의 배'에서 보여준 돈키호테의 태도는 그의 모든 행위가 기사소설의 코드에 따라 행해지고 있는 수많은 예 중의 하나이다.

하지만 돈키호테가 미치지 않았다는 증거는 양떼를 군대라고 우기면서도 아래를 향해 창을 휘둘러 양 몇 마리를 죽였다는 점이다. 만약 군인이라고 생각했다면 정면을 향해 찔렀거나, 로시난테의 빈약한 골격을 고려할 때 당연히 위를 향해 공격했을 것이다. 시에라 모레나 산에서 산초는 당나귀 양도 증서에 서명을 요구하지만 돈키호테는 거절했다. 알론소 키하노의 이름으로 서명하면 소설이 엉망이 되고, 돈키호테의 이름으로 서명하면 법적 효력이 없기 때문이다. 반면에 둘시네아에게 보내는 편지에는 서명을 하는데, 이는 광기의 법칙에 들어맞기 때문이다. 이와 동일한 논리에서 돈키호테는 시에라 모레나 산에서 토보소까지 마법의 도움으로 여행했다는 산초의 거짓말을 믿는다. 그리고 가짜로 꾸며낸 미코미코나 공주 이야기를 수긍하면서, 이발사의 가짜 수염이 떨어졌을 때는 모른 척한다. 산초가 둘시네아는 마법에 걸렸다고 둘러댔을 때도 그냥 넘어가는데, 이는 영리한 산초가 기사도 법칙을 따르기 때문이다.

기사도에 따라 행동하는 돈키호테는 거인에게 왕국을 빼앗긴 미코미코나 공주를 돕지 않을 수 없다. 신부와 이발사가 공모한 속임수도 이러한 기사도 법칙에 따른 것이다. 그리고 돈키호테는 이 유희의 법칙을 존중함으로써 자신의 행위를 변호한다. 예를 들어 사람들이 주막에서 「무모한 호기심」을 읽고 있는 동안 돈키호테는 적포도주 가죽 부대를 난도질하면서 사악한 거인과 싸운 것이라고 둘러댄다. 그렇기 때문에 돈키호테를 우리에 가두어 집으로 데리고 간다 하더라도 결국은 소설로 돌아가는 것이다. 돈키호테의 세계를 창조한 사람이 바로 돈키호테이기 때문이다. 그러므로 돈키호테 자신만이 돈키호테를 이길 수 있다. 대단원에서 돈키호테는 허구를 거부하고 편안하게 죽음을 맞이한다. 그러나 죽은 사람은 라만차 지방의 시골 양반 알론소 키하노이지 돈키호테가 아니다. 따라서 이탈리아 비평가 세그레의 말처럼 돈키호테의 최대 패배는 이성의 회복이다. 그때까지 돈키호테의 광기에는 한계가 없었다.

「돈키호테」, 르네상스와 바로크 세계관의 산물

세르반테스는 르네상스라는 흐름과 반종교개혁 역류라는 두 가지 조류에 휩쓸렸던 사람이다. 『돈키호테』는 기사소설을 비판하기 위해 쓰였지만 근본적으로는 중세의 기사도 정신에 바탕을 둔, 근대의 문턱에서 중세를 찬양한 마지막 작품이 되었다. 돈키호테는 중세의 갑옷을 입고 근대 세계로 뛰어든 주인공으로, 정통 가톨릭 신앙을 수호하고 군주에 충성을 바치면서 무어인들을 무찔렀던 중세의 영웅과 자신을 일치시켰다. 그렇다면 세르반테스는 왜 중세와 르네상스의 가치관을 충돌시켰을까? 아베얀은 그것이 바로크적인 위기의식의 발로라고 말한다. 즉, 르네상스의 세례를 받고 난 뒤 이미 세상이 바뀌었는데도 중세를 그리는 시대착오적인 사고는 스페인 제국의 몰락이 가시화된 당대 사회의 위기의식이 낳은 환멸의 산물이라 볼 수 있다는 것이다. 결국 부분적으로 『돈키호테』는 르네상스적인 요소를 보여주지만, 동시에 중세적인 요소도 발견된다. 그리고 이러한 '모순된 조화'는 바로크 시대의 산물이라 할 수 있다.

세르반테스가 작품에서 환기시킨 중세적 이상은 바로 북유럽의 종교개혁에 반하는 스페인의 반종교개혁이다. 스페인이 중심이 되어 예수회와 트리엔트 공의회를 두 축으로 전개되었던 반종교개혁은 바로크 문화의 꽃을 피웠다. 즉, 바로크는 가톨릭교 예술 전성기의 산물로서 당대의 반종교개혁의 본질적인 정서를 표현할 임무를 띠고 있었다. 세르반테스 개인적으로도 신앙심이 확고부동했으며 스스로도 자신이 착실한 구교도임을 끊임없이 강조했다. 돈키호테 역시 비록 광기와 르네상스적 이성을 보여주지만 작품 내에서 가톨릭 신앙에 위배되는 행위는 결코 하지 않고 시종일관 모범적인 신앙인으로 그려진다. 이 때문에 헬무트 하츠펠트는 이 작품이 이념적인 측면에서 반종교개혁의 도덕적 이상을 온전히 표현하고 있으며 트리엔트 공의회의 미학적 규범을 충실히 따르고 있다고 말한다. 철학자 우나무노는 돈키호테의 모습에서 일체의 육체적 욕구를 자제하는 스페인 교회의 진정한 사제상조차도 발견한다.

『돈키호테』는 르네상스의 세속적 인문주의가 종교적 인문주의로 전환된 바로크 시대의 작품으로 볼 수 있다. 그리고 마법에 걸린 현실을 바라보는 세르반테스의 세계관과 풍자와 유희의 패러디는 모두 바로크 미학의 산물이라 할 수 있다. 돈키호테가 바라본 현실은 모든 것이 의심과 회의로 뒤덮인 마법에 걸린 세계이며, 작가는 이를 종착점에 다다르지 못하고 부유하는 언어를 통해 형상화했다. 주인공 돈키호테는 정의가 살아 있고 개인 소유의 개념이 없었던 황금시대를 그리워하고 있음에도 불구하고, 작품 『돈키호테』는 르네상스 시대의 조화로운 세계도, 세계의 재현 가능성을 자임하는 신뢰받는 언어도 보여주지 않았다. 『돈키호테』는 바로크 언어를 통해 세속적 근대성에 맞서 문학적 근대성을 선취해냈다고 말할 수 있는데, 이를 위해 유희적이고 자기 충족적인 본질을 가지고 있는 패러디를 구사했다.

3 장 ___ 『돈키호테』의 영향과 의의

Miguel de Cervantes Saavedra

서구 소설에 미친 세르반테스의 영향

세르반테스가 현대 소설에 가장 많은 영향을 끼친 작가 중한 명이라는 데는 의심의 여지가 없을 것이다. 세르반테스는 16세기 스페인에서 태어났지만 그 영향력은 영국에까지 미쳤다. 18세기 영국 문학의 사무엘 리차드슨, 토비아스 조지 스몰릿, 헨리 필딩, 로렌스 스턴이 세르반테스의 추종자들이라 할 수 있다. 특히 헨리 필딩은 그의 대표작 『톰 존스』(1749)에서 관용력과 이해력, 이상주의와 물질주의가 대조를 이룬 유머 가득한 영국의 '돈키호테'를 창조해냈다. 스턴 역시 『트리스트럼 샌디』(1760~1767)에서 세르반테스의 패러디 기법을 한층 원숙하게 구사했다.

19세기에 들어서 『돈키호테』는 독일 낭만주의자들이 가장 선호하는 모델이 되었다. 특히 괴테의 『친화력』(1809)과 『빌헬름 마이스터』(1829)에서 그 영향이 두드러지게 나타났다. 하지만 영국과 프랑스, 러시아의 사실주의 소설에서 세르반테스가 가장 풍성한 수확을 거두었다고 할 수 있다. 영국에서는 찰스 디킨스의 『피크위크 페이퍼스』(1836~1837)에서 피크위크의 코믹하면서도 비극적인 유머, 현실과 픽션에서 갈등하는 모습, 충직한 하인인 샘 웰러와의 대화에서 『돈키호테』의 흔적을 찾아볼 수 있다. 미국에서는 멜빌의 『모비딕』(1850), 마크 트웨인의 『톰소여의 모험』(1876)과 『허클베리 핀의 모험』(1884), 특히 『아더왕 궁정의 코네티컷 양키』(1889)에서 세르반테스의 자취를 찾아볼 수 있다. 이외에도 프랑스의 스탕달·발자크·플로베르, 러시아의 니콜라이 고골·이반 투르게네프·톨스토이·도스토예프스키, 스페인의 페드로 안토니오 알라르콘·후안 발레라·클라린·베니토 페레스 갈도스 등 사실주의 작가에게서 세르반테스의 영향을 느낄 수 있다.

20세기에 들어 마르셀 프루스트, 제임스 조이스, 프란츠 카프카, 미겔 데 우나무노, 발디미르 나보코프, 밀란 쿤데라, 가브리엘 가르시아 마르케스, 카를로스 푸엔테스, 곤살로 토렌테 바예스터, 버지니아 울프, 앙드레 지드, 토마스 만, 윌리엄 포크너 등은 작품을 통한 언어와 문학 형식, 픽션 창작 행위에 대한 극도의 자의식 표현에서 세르반테스의 지대한 영향을 받았다. 그리고 세르반테스가 처음으로 시도했다고 볼 수 있는 세상을 책에다 비유하는 메타픽션 기법은 보르헤스의 작품을 위시한 20세기의 포스트모더니즘 작품들에서는 흔한 소설 기법이 되었다. 1인칭으로 소설 창작 과정을 얘기하면서 픽션과 리얼리티와의 관계, 작가-작품-독자와의 관계, 소설 허구성에 대한 재인식 등에서 그의 흔적을 찾아볼 수 있다. 일반적으로 메타픽션 소설은 소설 자체의 형식이나 전통에 반발한다. 현실 사회 속에서의 완전한 위기와 소외, 억압의 느낌을 표현하는 동시에, 이제는 사실주의의 전통적 문학 형식이 더 이상 이런 경험을 중재할 수 있는 적합한 수단이 되지 못한다는 사실을 드러낸다. 따라서 메타픽션은 낡아빠진 문학 전통에서 부정적 가치로 간주되던 것을 발전적 잠재력을 지닌 사회비평으로 탈바꿈시킨다. 예술 자체의 언어적 구조나 재현된 구조에 예술의 거울을 비추어봄으로써 많은 것을 얻을 수 있을지 모른다는 사실을 시사하는 것이다. 벨라스케스의 「시녀들」에서처럼 작가의 창작 과정이 그대로 재현되는 것이다.

『돈키호테』의 현대성: 메타픽션적 글쓰기

『돈키호테』는 1, 2권으로 나뉘어 1605년과 1615년에 각기 출간되었다. 그리고 1614년에는 알론소 페르난데스 데 아베야네다라는 필명으로 위작 『돈키호테』 2권이 등장했다. 이 위작은 세르반테스로 하여금 2권의 출판을 서두르게 했으며, 또한 소설 내에서도 위작에 대한 논박을 포함시켰다(2권 59장 이후). 『돈키호테』를 통해 세르반테스가 보여주려던 것은 철저한 부정과 의심을 통해 자기 눈앞에 펼쳐지는 객관 세계를 주관적 현실로 치환하는 작업이었으며, 이는 세계의 불확실성에 대한 '의심'에서 비롯되었다. 세르반테스는 불확실하고 불가해한 현실에 직면하여 현실을 제대로 담아내지 못하는 관념화된 언어에 회의적인 시선을 던지고, 언어와 현실,

말과 사물의 거리를 인식하게 되었다. 세르반테스의 언어는 현실을 반영하는 거울일 뿐만 아니라 현실을 변모시키는 마법사의 언어이기도 하다. 세르반테스는 질서 정연한 현실의 공간을 환상적·마술적 공간으로 바꾸려 했다. 그는 현실 세계와 허구 세계를 자유로이 드나들며 그 당시 진실과 거짓, 선과 악으로 구분되던 이분법적인 가치를 부정했다. 그는 객관적인 현실이 무엇인지 화자의 입장에서 얘기하지 않은 채 상대적인 가치를 옹호했다.

이렇게 세르반테스는 작품 속의 현실과 작품 밖의 현실 사이에 놓여 있는 경계선을 허물어 소설이란 장르의 '허구성'을 역사의 '사실성'과 분리시켰다. 세르반테스는 픽션과 리얼리티 사이의 경계가 애매모호하고, 그러한 현실을 문학으로 재현할 수 있는지에 대한 회의와 언어에 대한 위기의식을 느끼며 글쓰기 행위에 대해 자의식적으로 성찰하면서 패러디와 메타픽션, 상호 텍스트성 등 현대적 소설 기법을 탄생시켰다. 『돈키호테』의 이러한 현대적 소설 기법은 사회의 세속화가 전면화되면서 경험하게 되는 해체의 위기와 인간 존재의 불확실성을 형상화하려는 미학적 시도라 할 수 있다. 그 결과 이제 문학은 중심을 잃어버린 시대의 또 다른 현실로 외부 현실을 전복하기에 이르렀으며, 이는 근대 문학의 탄생을 뛰어넘은 현대 문학의 탄생을 알리는 것이었다.

세르반테스는 1권의 서론에서 자기가 "돈키호테의 아버지처럼 보이지만 실은 의붓아버지"이며, 이 책은 "기사소설을 공격"하기 위한 것이라고 밝혔다. 세르반테스가 자신을 의붓아버지라고 한 이유는 『돈키호테』의 원저자가 무어인 시데 아메테 베넹헬리로 등장하기 때문이다. 하지만 시데 아메테 베넹헬리 역시 원작자라기보다는 옛날부터 라만차 지방에 전해 내려오던 돈키호테라는 기사에 대한 이야기들을 모아 옮겨 적은 연대기 작가에 불과하다. 세르반테스는 아랍어로 쓰여 있는 이 책을 우연한 기회에 비단 장수로부터 구입해 아랍어와 스페인어에 능숙한 모리스코인에게 번역을 시킨 편집자로 등장한다. 결국 『돈키호테』는 여러 작가들→씨데 아메테 베넹헬리→번역가→편집자를 거치는 과정에서 같은 내용의 끊임없는 반복으로 생긴 패러디의 결과라 할 수 있다. 세르반테스는 이런 패러디 기법을 이용하여 거리를 둠으로써 변별화를 생성했으며, 기존 소설의 획일적인 서술 방식을 새로운 서술 방식으로 완전히 다르게 탈바꿈시켰다. 즉, 같은 내용의 기존 텍스트가 원작자, 번역가, 편집자의 손을 거치면서 전혀 다른 텍스트로 바뀌는 과정을 소설화한 것이 『돈키호테』라고 볼 수 있다. 또 작품 내에서 원작자, 번역가, 편집자의 자기 나름대로의 뚜렷한 견해나, 이전 작가에 대한 비평, 원작 내용의 첨가 및 삭제 등 이러한 일련의 작업은 양

피지 기법(Palimpsesto)에 근거를 둔 현대 소설가들의 작업과
도 일맥상통한다고 할 수 있다. 예를 들어 번역가가 원본의
내용뿐 아니라 책 가장자리에 쓰여 있던 원작자의 메모까지
옮기는 과정은 기존 텍스트에 대한 충실한 번역이 아닌, 비텍
스트를 텍스트화시키는, 즉 번역자가 다시 새로운 픽션 작품
을 써 내려가는 과정이라 볼 수도 있다.

　하지만 여기에서 그치지 않고 세르반테스는 원작자와 번
역가, 편집자의 창작과 비평 과정을 1권과 2권에 걸쳐 계속
언급함으로써 픽션과 리얼리티의 관계에 의문을 제기하면서
그 당시에는 낯설기만 했던 소설이란 장르에 나름대로의 새
로운 정체성을 부여하고자 했다. 1권이 현실 세계에 대한 글
쓰기였다면, 2권은 책에 대한 글쓰기로서 보다 자의식적이고
메타픽션적인 요소가 두드러진다. 2권에서는 1권의 문학적
오류나 문학적 이론에 대한 토의가 이루어지며, 1614년에 출
판된 위작 『돈키호테』 2권에 대한 비판도 이루어진다. 2권의
이야기는 이발사와 신부가 돈키호테의 정신 상태를 실험하
기 위해 그의 집을 방문하는 일화로부터 시작된다. 이때 산초
판사가 찾아와 돈키호테와 단 둘만 남게 되자 얼마 전에 살라
망카 대학에서 석사를 마치고 돌아온 산손 카라스코를 만났
더니, 자기네들 이야기가 『재치 있는 시골 귀족 돈키호테 데
라만차』라는 제목으로 출판되었다는 얘기를 하더라며, 둘만

이 알고 있는 이야기가 버젓이 책으로 출판되어 돌아다니고 있으니 이게 무슨 조화인지 모르겠다며 당혹스러워한다. 이제 세르반테스는 돈키호테와 산초, 산손 카라스코, 이렇게 세 사람의 등장인물을 통해 『돈키호테』 1권을 논하고 비평하면서 1권의 결점과 실수를 보완한다.

그 후 모험을 떠나 사라고사로 향하던 돈키호테와 산초 판사는 주막에 묵은 후 저녁식사를 하려는데, 옆방에서 『돈키호테』 2권을 한 장 더 읽어보자는 소리를 듣게 된다. 돈키호테와 산초는 호기심에 이끌려 옆방 손님을 찾아가 그 책을 들춰보다가 산초 아내의 이름이 구티에레스라고 적힌 것을 보고는 원래 이름인 산초 테레사와 다르게 적혀 있으니 이 책의 내용은 틀린 거라고 지적한다. 그 책이 바로 아베야네다의 위작인 『돈키호테』 2권이다. 게다가 그들은 사라고사로 가던 중이었으나 위작에서는 여정이 사라고사로 향했기 때문에 굳이 그 책이 가짜라는 것을 증명하기 위해 바르셀로나로 가겠다며 여정까지 바꾼다. 『돈키호테』 아랍어 원본과 스페인어 번역판, 『돈키호테』 1권과 2권 사이에서 발생되었던 대화가 이제는 더 나아가 아베야네다 위작 『돈키호테』 2권과 세르반테스의 『돈키호테』 2권 사이의 대화로 발전한다. 세르반테스가 기사 소설과 연대기를 비평하기 위해 사용했던 패러디식 대화체가 여기서는 그대로 아베야네다의 위작에 복수를 가하기 위해 사용된다. 아베야네다는 위작 『돈키호테』 2권의 머리말을 통해 세르반테스에게 직접적인 인신공격까지 하며 세르반테스 작품의 질과 내용까지 손상시켰다. 하지만 세르반테스는 아베야네다와 같이 직접적으로 드러내놓고 공격하지 않고, 대신 그의 무기인 글을 통해서 픽션 속에 숨겨져 있는 일침을 가함으로써 더 멋진 복수를 이룬다. 『돈키호테』 2권의 72장에 출현하는 돈 알바로는 아베야네다의 위작 『돈키호테』에서 돈키호테를 동반했던 자로, 나중에 그를 정신병원에 입원시킨 장본인이다. 세르반테스는 아베야네다 작품 속의 인물인 돈 알바로를 등장시킴으로써 위작의 돈키호테와 자신의 창조물인 돈키호테를 직접 대면시킨다. 이 에피소드에서 돈 알바로는 위작에 등장하는 돈키호테가 가짜임을 증명한다. 위에서 본 바와 같이 『돈키호테』는 메타픽션적 성격이 확연히 드러난 자의식적 글쓰기와 상대론적 관점주의로 이루어졌고, 이는 현대 포스트모더니즘 소설에 많은 영향을 미쳤다.

보르헤스에서 나타난 세르반테스의 영향

표현의 경제성을 중요시하는 간결체의 대가인 보르헤스는 소설 장르에는 그다지 큰 매력을 느끼지 못하고 소설보다는 단편에 더 많은 애착을 가졌다. 단편은 몇 페이지 되지 않는 텍스트 안에 어마어마한 사상적 암시를 시적으로 압축해 놓을 수 있기 때문에 길게 늘어지는 소설 장르에서는 찾아볼 수 없는 간결의 묘미를 느낄 수 있었던 것이다. 보르헤스는 소설 장르는 뭔가 군더더기가 많이 붙어 있으며, 소설을 쓰기 위해서는 자기가 말하고자 하는 테마와 상관없는 이야기들을 많이 해야 한다고 설명했다. 심지어 방 안의 테이블 위에 놓인 물건을 묘사하기 위해 몇 페이지씩 할애하는 것도 이해할 수 없다고도 언급했다.

보르헤스는 신이 없는 세계나, 카프카의 단편소설들에서 길을 잃고 헤매는 신이 지배하는 세계를 존중했다. 또 인간은 그런 세계의 깊디깊은 늪에서 방황하고 있는 것으로 묘사했다. 보르헤스에게 세계는 혼란 그 자체였으며, 질서는 백과사전이나 그가 관장으로 일하던 국립도서관의 책장에서나 존재하는 것이었다. 하지만 이러한 보르헤스의 짧은 글쓰기는 『돈키호테』에 근거하고 있다. 보르헤스가 쓰려는 책의 방법은 다른 문화와 다른 언어의 가상적인 작가에 의해 이미 쓰인 것처럼 꾸미는 것과, 그 가상의 책을 묘사하고 개괄하고 논평하는 것이다. 이는 『돈키호테』에서 시데 아메테 베넹헬리가 아랍어로 돈키호테의 이야기를 쓴다는 설정과, 편집자로 등장하는 세르반테스와 등장인물인 돈키호테·산초·산손 카라스코의 개괄과 논평에 그 뿌리를 두고 있다고 할 수 있다. 보르헤스는 세르반테스와 『돈키호테』에 관한 많은 글들을 발표했으며, 그 글을 통해 우리는 보르헤스와 세르반테스의 비슷하면서도 다른 관점들을 엿볼 수 있다. 그리고 이러한 비슷하면서도 다른 글쓰기는 동일한 책을 읽고 나서도 각기 다른 버전으로 다시 글을 쓴다는 보르헤스의 양피지 기법이나 「피에르 메나르, 돈키호테의 저자」 글쓰기의 또 다른 표현이라 할 수 있다.

「돈키호테의 부분적인 마법」과 「세르반테스와 돈키호테

의 우화」에서 보르헤스는 세르반테스가 기사소설과 서사시를 읽으며 힘든 삶을 견디다 환상으로 가득한 이야기들을 읽으며 미쳐버린 영웅을 탄생시켰다고 언급한다. 세르반테스가 자기 자신을 비웃는 과정에서 영웅을 탄생시켰고, 영웅이 탄생된 지 조금 후에 죽었다는 것이다. 「세르반테스와 돈키호테의 우화」는 『돈키호테』를 비유적인 관점에서 새로이 번역한 것으로, 작가인 세르반테스와 주인공인 돈키호테를 같은 위치에 놓았으며, '꿈꾼 사람과 꿈속에 나타난 사람'은 동일한 신화를 이루었다. 결국 현실과 픽션의 차이점이 사라지면서 세르반테스의 삶이 책의 소재가 된 것이다. '꿈을 꾼 사람과 꿈속에 나타난 사람'은 「원형의 폐허들」(1944)에서는 꿈을 통해 자식을 만드는 마법사가 연상된다. 그 자식은 꿈으로 만들어졌기 때문에 불에 타지 않는 존재이다. 그렇지만 그런 자식을 만든 마법사가 기거하는 원형의 신전이 불에 타면서 그 역시 자신의 아들처럼 어느 누군가의 꿈에 의해 만들어진 존재라는 것을 깨닫게 된다. '꿈을 꾼 사람과 꿈속에 나타난 사람'은 실제 세계와 기사소설의 가상 세계를 대립시키지만, 시간이 흐르면서 돈키호테와 그의 소설이 묘사하는 광경들이 '신밧드의 모험'이나 '아리오스토의 광활한 지형'처럼 시적으로 되어가면서 그 차이점은 사라지게 된다. 그리고 이러한 결론은 「돈키호테의 부분적인 마법」에서 언급한 세르반테스의 사실주의를 확실히 밝혀준다.

「돈키호테의 부분적인 마법」은 『돈키호테』가 서사시나 『신곡』과 비교하여 사실적인 작품이지만 19세기의 사실주의 소설들과는 많이 다르다는 점을 언급하면서 시작된다. 그렇지만 보르헤스가 예로 든 사실주의 작가들, 즉 조셉 콘래드와 헨리 제임스도 전통적인 의미의 사실주의와는 많이 다른 노선을 걸었다. 보르헤스에 따르면, 세르반테스에서는 '실제적인 것과 시적인 것'이 서로 배척되지만 이 두 작가는 현실을 시적으로 보기 때문에 그러한 현실을 픽션화시킨다. 세르반테스의 목적은 사실주의를 이상주의와 대립시키는 것이지만 그렇다고 해서 초자연적인 것과 신비로운 것을 포기하지는 않는다. 그러고 나서 세르반테스는 독자의 세계와 책의 세계를 혼동하는 유희적 재미를 즐겼으며, 『돈키호테』 2권에서는 등장인물들이 『돈키호테』의 독자로 변화한 장면을 언급하며 『햄릿』과 『천일야화』와 비교한다.

이것은 종래의 사실주의가 '소설'이라는 허구를 통해 '현실'을 그리려 한 것과는 달리, 소설이 일반 독자에게 실제로 존재하는 요소를 사용하여 소설 세계가 현실 세계와 동일하다는 효과를 주지만 이것 자체가 '허구'에 기반을 두고 있는 소설의 기능이라는 점을 의미하는 것이다. 이러한 허구 인물들의 가짜 삶은 「피에르 메나르, 돈키호테의 저자」「알모타

심에로의 접근」「허버트 퀘인의 작품에 대한 연구」「끝없이 두 갈래로 갈라지는 길들이 있는 정원」 등에서도 등장한다. 보르헤스는 이러한 허구 인물들에게 상당히 구체적이고 그럴싸한 역사적 배경을 부여하여 그들을 실존 인물로 생각하게 만들었으며, 이러한 기법은 『돈키호테』에서 찾아볼 수 있었던 관념론적인 주제라 할 수 있다. 독자들의 이해를 돕기 위해 「돈키호테의 부분적 마법」과 「세르반테스와 돈키호테의 우화」의 전문을 옮겨보겠다.

돈키호테의 부분적 마법 (1952)

이런 견해는 언젠가 그리고 어쩌면 수없이 많이 논의되었을 법하다. 그리고 나는 참신한 견해보다는 진실일 수 있는 견해에 더 관심이 많다.

『돈키호테』는 다른 고전(『일리어드』, 『에네이다』, 『파르살리아』, 단테의 희곡, 셰익스피어의 비극과 희극)과 비교하면 사실적이다. 그러나 이 사실주의는 19세기 사실주의와는 본질적으로 다르다. 조셉 콘래드는 소설을 쓰면서 초자연적인 것을 배제했다. 초자연적인 것을 인정하면 일상적인 것이 경이롭다는 사실을 부정하는 것처럼 보였기 때문이다. 미겔 데 세르반테스가 이러한 직관을 갖고 있었는지는 알 수 없으나, 『돈키호테』를 보면 시적 상상력의 세계와 산문적 현실 세계가 대립하고 있다. 콘래드와 헨리 제임스는 현실을 시적으로 판단했기 때문에 현실을 소설화했다. 그러나 세르반테스에게 현실적인 것과 시적인 것은 반의어였다. 세르반테스는 『아마디스 데 가울라』에 등장하는 광범위하고 모호한 지형 대신, 카스티야 지방의 먼지 나는 길과 지저분한 주막을 선택했는데, 이는 현대의 어느 소설가가 패러디적 의미에서 나프타를 공급하는 화물역을 강조하는 것이나 마찬가지다. 우리가 보기에 세르반테스는 17세기 스페인에 대한 시를 창조했지만 그가 보기에 17세기나 당시의 스페인은 시적이 아니었다. 따라서 세르반테스는 회상에 젖어 라만차 지방을 바라보는 우나무노, 아소린, 안토니오 마차도 같은 사람들을 이해할 수 없었을 것이다. 세르반테스는 기사소설을 논박하는 작품을 구상했기 때문에 작품 속에는 경이적인 것이 들어설 여지가 없으나 다른 한편으로는 경이적인 것을, 적어도 간접적인 방식으로 형상화해야만 했다. 마치 탐정소설을 패러디하는 작품에서도 미스터리와 범인이 등장하듯이 말이다. 세르반테스는 부적이나 점(占)을 사용할 수는 없었으나 초자연적인 것을 아주 미묘한 방식으로, 그리고 그로 인해 더욱 효과적으로 암시했다. 그는 내면적으로는 초자연적인 것을 사랑하고 있었던 것이다. 1924년 그루삭은 "세르반테스는 라틴어와 이탈리아어를 귀동냥 정도로 알고 있었다. 따라서 문학적 원천은 주로 목가소설과 기사소설, 그리고 재미난 포로 생활 애기였다."라고 말했다. 『돈키호테』는 이러한 허구들에 대한 해독제라기보다는 은밀하고 향수에 젖은 결별에 더 가깝다.

사실 소설이란 모두 이상적인 설계도이다. 세르반테스의 경우는 객관적인 것과 주관적인 것, 독자의 세계와 책의 세계를 즐겨 뒤섞었다. 이발사의 말안장을 노새 안장이라 하고 세숫대야를 투구라고 우기는 여러 장(章)에서 이 문제는 명백하게 드러나며, 앞서 언급한 외의 다른 곳에서는 암시적으로 나타난다. 1권 6장을 보면, 신부와 이발사는 돈키호테의 서재를 조사하는데 놀랍게도 세르반테스가 쓴 『라 갈라테아』도 꽂혀 있다. 이발사는 세르반테스의 친구이지만 그다지 높이 평가되지는 않는다. 그래서 세르반테스는 시보다는 불행에 더 익숙한 사람이며 『라 갈라테아』는 다소 기발한 점도 있고 또 무언가를 얘기하려고 하지만 도대체 결론이 없다고 말한다. 세르반테스의 꿈, 다시 말해서 꿈의 형태에 불과한 이발사는 세르반테스를 평가하고…… 1권 9장 서두에서 『돈키호테』는 아랍어를 번역한 작품이라고 밝히고 있는데, 이 또한 놀라운 일이다. 세르반테스가 톨레도 시장에서 원고를 입수해 모리스코인에게 번역을 부탁했는데, 이 사람이 한 달 반 이상 집에 틀어박혀 작업을 끝냈다고 한다. 이 대목에서는 칼라일이 연상된다. 칼라일은, 『의상철학』을 토이펠스드렉 박사가 독일에서 출판한 작품의 일부인 것처럼 위장했다. 또 카스티야 출신의 랍비 모이세스 데 레온은 『조하르, 광휘의 책』을 쓴 다음, 이 책이 3세기 팔레스타인에 살았던 어느 랍비의 작품이라고 주장했다.

이처럼 애매한 모호성의 유희는 『돈키호테』 2권에서 절정에 이른다.

2권의 주인공들은 1권을 읽은 사람들이다. 『돈키호테』의 주인공들이 바로 『돈키호테』의 독자들인 셈이다. 셰익스피어도 『햄릿』 안에 연극 장면을 삽입했는데, 이 연극도 『햄릿』과 다를 바가 없이 비극이었다. 물론 주 작품과 이차적인 작품이 완전하게 일치하지 않기 때문에 이와 같은 삽입이 만들어내는 효과는 미약하다. 세르반테스의 기법과 유사하면서도 더욱 놀라운 것은 라마의 무훈과 악마와 전쟁을 노래한 발미키의 시 『라마야나』에서 찾을 수 있다. 이 작품의 끝부분에 아버지가 누군지 모르는, 라마의 자식들은 밀림으로 들어가 숨는다. 여기서 어느 은자가 라마의 자식들에게 읽기를 가르친다. 놀랍게도 이 스승이 바로 발미키이고, 공부하는 책은 『라마야나』이다. 라마는 말을 희생물로 바치도록 명령하고, 발미키는 제자들과 함께 이 축제에 참가한다. 현금 반주에 맞춰 이들은 『라마야나』를 노래한다. 라마는 자기 얘기라는 것을 알고 자식들을 알아보며, 마침내 시인에게 보상한다. 우연은 『천일야화』에서도 이와 비슷한 역할을 한다. 이 작품은 환상적인 이야기의 모음인데, 이야기가 덧붙여지는 과정들을 거치면서 중심 이야기는 현기증을 일으킬 정도로 수많은 부수적인 이야기로 가지를 친다. 하지만 현실성의 등급을 조정하지 않아 그 효과는(그랬더라면 틀림없이 심오한 효과를 거두었을 것이다) 페르시아의 양탄자처럼 표면적이다. 『천일야화』 서두의 이야기는 유명하다. 왕은 처녀와 결혼식을 올린 날 밤 침실에서 목을 자르겠다고 살벌하게 맹세하고, 사라자드는 이야기로 왕의 환심을 사려고 결심한다. 마침내 천 하루가 지나 사라자드는 왕에게 왕자를 보여준다. 이 이야기를 집대성한 사람들은 1001개의 이야기를 완결 짓기 위해 갖가지 이야기를 삽입해야 했다. 그중에서 가장 마술적인 이야기라고 할 수 있는 602번째 날 밤의 이야기만큼 갈피를 잡기 어려운 이야기는 없다. 이날 밤 왕은 왕비의 입을 통해 자신의 이야기를 듣는다. 이 이야기의 첫 부분은 『천일야화』의 다른 이야기는 물론 이 이야기 자체까지—괴상하지만—포함하고 있다. 독자는 이러한 삽입이 초래하는 엄청난 가능성과, 그 야릇한 위험을 명확하게 파악했을까? 한마디로 왕비는 영원히 이야기를 계속하고, 왕은 영원히 그 자리에 앉아서 『천일야화』의 한 토막에 해당하는 이야기, 이제는 무한하고 순환하는 이야기를 듣는다고 할 수 있다. 철학적 창조물은 예술적 창조물만큼 환상적이다. 로이스는 『세계와 개인』(1899) 1권에 이렇게 쓰고 있다.

영국의 어떤 지역을 완벽할 정도로 평평하게 고른 다음 지도 제작자가 그 위에 영국 지도를 그린다고 상상해보자. 그 지도는 완벽하기 때문에 영국 땅의 세세한 부분까지 그 지도—축적이 얼마이든 간에—에 등재되어 있다. 영국 땅의 모든 것이 그 지도와 대응한다. 이런 경우 그 지도는 지도 속에 지도를 포함해야 하고, 이런 식으로 무한히 계속된다.

왜 우리는 지도 속에 포함된 지도와 『천일야화』의 천일야화 이야기에서 불안을 느끼는 걸까? 왜 우리는 돈키호테가 『돈키호테』의 독자가 되고 햄릿이 『햄릿』의 관객이라는 사실에서 불안을 느끼는 걸까? 나는 그 이유를 찾았다고 생각한다. 즉, 이러한 전도(顚倒)가 암시하는 바는, 허구 속에 등장하는 인물들이 독자가 되거나 관객이 될 수 있다면 그 허구의 독자나 관객인 우리도 허구적일 수 있다는 것이다. 1833년 칼라일은 "세계사는 모든 사람들이 쓰고, 읽고, 이해하려고 하는 한 권의 무한하고 신성한 책이며, 그 책 속에서 사람들은 책을 쓰고 있다."고 말했다.

세르반테스와 돈키호테에 관한 우화(1955)

고향 스페인에 넌덜머리가 난 늙은 군인은 아리오스토의 작품에 등장하는 광활한 지역과 꿈을 꾸느라 시간을 낭비하는 달의 계곡, 그리고 몬탈반이 훔친 금으로 만든 마호메트 상에서 위안을 얻으려 했다.

군인은 자기 자신을 은근히 비꼬기 위해 환상이 가득한 이야기들을 많이 읽어 머리가 이상해진 사람 좋은 인물을 구상했다. 그러고는 엘토보소 또는 몬티엘 평야로 불리는 척박한 곳에서 모험과 마법을 찾아 다녔다.

돈키호테는 현실 즉 스페인에 굴복당해 1614년 자신의 고향에서 죽음을 맞이했다. 그리고 미겔 데 세르반테스는 그보다 조금 더 살다가 세상을 떠났다.

두 사람―꿈을 꾼 사람과 꿈속에 나타난 사람―에게는, 이 모든 구성 방식이 기사소설의 환상이 가득한 세계와 17세기의 일상적이고 평범한 세계의 대치였다.

그들은 세월이 이러한 두 세계 간의 괴리를 완화시켜주리라 의심치 않았다. 그리고 그들은 라만차와 몬티엘 평야, 기사의 깡마른 모습이 장차 신밧드의 모험이나 아리오스토의 작품에 등장하는 광활한 지형만큼이나 시적이 되리라는 것도 믿어 의심치 않았다.

문학의 첫 기원은 신화이기 때문이고, 마찬가지로 그 끝도 신화이기 때문이다.

2 리라이팅

돈키호테

방대한 분량의 『돈키호테』 1권(1605)과 2권(1615)의 내용을

사건 중심과 장별로 발췌해서 간략하게 옮겨보았다.

세르반테스는 돈키호테라는 우스꽝스러운 미치광이를 주인공으로

내세워 당시의 스페인 사회를 유머러스하게 묘사했다.

하지만 웃으면서 얘기하는 그의 이야기 속에는

뼈아픈 진실과 신랄한 풍자가 스며들어 있다.

『돈키호테』의 구성은 매우 복잡하고 다양한 이야기 기법에 기초하고 있는데,

1권 9장에서 세르반테스는 '발견된 원고'라는 기교를 사용하여,

이야기의 저자는 무어인 시데 아메테 베넹헬리이고,

아랍어를 스페인어로 번역한 사람은 모리스코인이라고 꾸며댄다.

그리고 세르반테스 자신은 이 번역한 내용을 편집한 제2의 작가로 등장한다.

'발견된 원고'라는 기법은 오랜 전통을 지닌 기사 소설의 기법을

패러디한 것이다. 그러나 세르반테스는 여기서 한 걸음 더 나아가,

이 기법을 이용하여 돈키호테의 모험에 상당한 개연성을 부여하고

다양한 관점에서 돈키호테의 모험을 조망했으며,

그때까지 어떤 작가도 성취하지 못했던 예술적 자유를 최대한 구가했다.

돈키호테 제1권(1605)

서론

　한가로운 독자여, 나는 세상에는 돈키호테의 아비로 알려져 있지만 실은 의붓아비에 지나지 않는 만큼 자식 자랑에 눈이 먼 세상 풍조를 따르지 않을 생각이다. 좀 봐달라고 남들처럼 눈물을 뚝뚝 흘리면서 애원하지도 않겠다. 나는 으레 책의 서두를 장식하는 소네트나 경구, 찬가의 기나긴 나열이나 서론을 없애고, 아무 치장 없이 벌거숭이로 독자에게 내놓고 싶었다. 솔직히 이 책을

「돈키호테」 표지.

『돈키호테』를 구상 중인 세르반테스.

지어내는 데 굉장히 고생했지만 이 서론보다는 훨씬 쉬웠다. 서론을 쓰려고 펜을 들었다가 무얼 써야 할지 몰라 펜을 내동 댕이친 적이 한두 번이 아니었다. 한번은 종이를 앞에 놓고, 펜을 귀에 꽂고, 팔꿈치를 책상에 대고, 손으로 턱을 괴고 무얼 쓸까 궁리하고 있는데, 뜻밖에도 아주 쾌활하고 똑똑한 친구가 찾아와 깊은 생각에 잠겨 있는 나를 보고 그 이유를 물었다. 나는 솔직하게 돈키호테의 이야기에 붙일 서론을 구상 중인데 서론은 고사하고 기사의 무용담조차도 출판을 그만 둘까 생각 중이라고 말했다.

그러자 친구는 저명하고 지체 높은 인사들이 쓰는 서두에 붙일 소네트는 내가 직접 써서 해결하고, 인용문이나 경구는 대충 좋은 문구나 단편적인 라틴어 문구만 쓰면 된다고 충고했다. 그리고 유식한 학자로 행세할 수 있도록 책 말미에 주석을 붙이는 방법도 가르쳐주었다. 많은 저자들의 인용은 A부터

Z까지 알파벳 순서로 저자 이름을 인용한 책만 구하면 책에 권위를 줄 수 있다고 일러주었다. 또한 명백한 문장을 써서 혼동이나 애매모호함을 막고, 아직도 많은 사람들이 좋아하는 허무맹랑한 기사소설을 타파하겠다는 목표를 굳게 정하라고 충고했다. 나는 완벽한 침묵 속에서 내 친구의 말을 들었다. 그의 논리는 내 마음에 깊은 감명을 주었고, 나는 아무 이의 없이 모두 받아들여 그것으로 내 서론을 만들기로 했다.

1부

유명하고 용감한 시골 귀족 돈키호테 데 라만차 (1~2장)

그다지 오래되지 않은 옛날, 이름까지 기억하고 싶지 않은 라만차 지방의 어느 마을에 오십 줄에 접어든 마른 체격에 얼굴도 홀쭉한 시골 귀족이 살았다. 그의 집에는 마흔이 조금 넘은 가정부와 스물이 채 되지 않은 조카딸, 그리고 하인이 있었다. 이 시골 귀족에 대해 글을 쓰는 작가들마다 다소 차이가 있지만 사람들의 말에 따르면 그의 이름은 키하다 또는 케사다라고 한다. 가장 신빙성 있는 추측은 케하나이다. 하지만 그의 이름이 무엇인가 하는 문제는 중요하지 않다. 이 이야기가 진실에서 한 치도 벗어나지 않았다는 게 중요한 것이다.

그는 『아마디스 데 가울라』와 같은 기사소설에 푹 빠져 낮

밤을 가리지 않고 책만 열심히 읽었다. 그는 사냥도 재산 관리도 모두 제쳐두었다. 기사소설에 대한 호기심과 광기가 지나치다 못해 급기야는 광활한 논밭을 팔기에 이르렀다. 이처럼 잠은 부족하고 독서량은 많다보니 뇌수가 말라붙어 건전한 판단력을 잃게 되었다. 그의 머릿속은 책에서 읽은 마법 같은 이야기들, 즉 고통과 전투, 도전, 상처, 사랑의 밀어와 연애, 불가능한 온갖 일들로 가득 찼다. 그는 기사소설에서 얘기되는 황당무계한 일들이 실제로 일어났던 사실이라고 믿을 뿐만 아니라, 나아가서는 자신이 직접 편력기사가 되기로 결심했다. 그는 기사소설의 주인공을 본받아 불의와 부정과 사악을 시정하고 온갖 모험과 고통을 겪음으로써 불후의 명성과 영광을 얻기로 작정했다.

맨 먼저 그는 오래전 증조부님들이 쓰던 녹슨 갑옷과 투구를 꺼내 녹과 곰팡이를 제거하고 깨끗하게 손질한다. 그리고 4일 동안 고민한 끝에 자신의 여윈 말에 '바짝 여위었다'는 의미의 로시난테라는 이름을 붙여준다. 또다시 8일을 고민한 끝에 자신의 이름을 돈키호테라고 부르기로 한다. 하지만 뭔가 허전한 것 같아 아마디스 데 가울라처럼 자신의 이름 뒤에도 향명을 덧붙여 돈키호테 데 라만차라고 결정한다. 그러고 나서 마지막으로 사모하는 여인을 찾는다. 사랑 없는 편력기사는 이파리와 열매가 없는 나무요 영혼이 없는 육체

출정을 앞둔 돈키호테.
기사소설에 푹 빠져 낮밤을 가리지 않고 책만 읽
다가 건전한 판단력을 잃고, 기사소설의 주인공
을 본받아 불후의 명성과 영광을 얻기 위해 편력
기사가 되어 모험을 떠나기로 결심한다.

와도 같기 때문에 그는 이웃 마을의 알돈사 로렌소라는 시골
여자를 자신의 귀부인으로 삼아 둘시네아 델 토보소라고 이
름 짓는다.

돈키호테의 첫 출정(3~5장)

무더운 7월 어느 날 동도 트기 전, 갑옷과 엉성한 투구와
창과 방패로 무장한 돈키호테는 세 번에 걸친 출정 가운데 그
첫 번째 출정을 떠난다. 그는 이른 새벽 로시난테를 타고 아
무도 모르게 뒷문을 통해 몬티엘 평야로 나선다. 그렇지만 자
신이 정식 기사가 아니라는 사실이 기억나 이제 막 시작한 계
획을 그만둘 뻔한다. 기사도에 따르면 정식 기사가 아닌 사람
은 어떤 기사와도 무기를 가지고 맞설 수 없고, 맞서서도 안

되었다. 하지만 그는 이성보다는 광기가 앞섰기에, 책에서 읽은 대로 다른 기사들을 흉내 내 처음 만나는 기사에게 기사 서임식을 받으면 된다고 생각한다. 그가 만난 최초의 모험에 대해서는 '저자들' 마다 견해가 다르나 원작자는 "라만차 연대기에서 발견한 이 문제에 대한 기록에 따르면, 그는 하루 종일 돌아다녔고, 해질 무렵이 되자 그와 로시난테는 피곤에 지쳐 배가 고파 죽을 지경이었다."고 말했으며, 그때 멀리서 주막이 보였다.

그날 밤 돈키호테는 주막을 성으로, 천한 여자들을 귀부인으로, 돼지를 부르는 뿔나팔 소리를 환영 나팔 소리로, 주막 주인을 성주로 굳게 믿고 성주에게 기사 서임식을 해달라고 간청한다. 주막 주인은 교활한 사람인 데다 돈키호테가 제정신이 아니라고 확신했기 때문에 장난삼아 그의 청을 들어주기로 한다. 서임식 전날 밤, 돈키호테는 자신의 무기를 지키는 기사도 관례에 따라 우물 옆에서 철야를 선다. 그때 주막에 묵고 있던 한 마부가 말에 물을 주려고 우물 위에 놓아둔 돈키호테의 갑옷에 손을 댔다가 칼에 맞는 소동이 벌어진다. 돈키호테가 잇따라 다른 마부한테까지 심각한 부상을 입히자, 주막 주인은 돈키호테를 골려주려던 생각이 실수였음을 깨닫고 얼른 기사 서임식을 치러주고, 숙박비도 받지 못한 채 돈키호테를 급히 떠나보낸다. 돈키호테는 돈과 약상자와 속옷을 준비하고 종자도 데리고 다녀야 한다는 성주(주막집 주인)의 충고에 따라 다시 집으로 돌아가던 중, 양치기 소년 안드레스가 간교한 주인에게 매를 맞는 소리를 듣고 그곳으로 달려가 불의와 부정을 시정한다. 그러나 돈키호테가 떠나자 주인은 곧 안드레스를 다시 묶고 돈키호테를 빈정거리며 더 심한 매질을 가한다.

정식으로 기사 칭호도 받고 불의도 시정해 기분이 좋아진 돈키호테는 길에서 만난 비단 장수 여섯 명을 향해 둘시네아가 가장 아름다운 여인이라는 사실을 고백하기 전에는 길을 비켜줄 수 없다며 고집을 피운다. 그중 한 사람이 그 미인을 보여달라고 청하자 돈키호테는 이렇게 말한다.

"가장 중요한 것은 너희들이 보지 않고서도 그렇다고 믿고, 고백하고, 주장하고, 맹세하고, 지키는 것이다."

돈키호테는 결국 둘시네아를 모욕하는 그들에게 창을 겨누며 덤벼들지만 로시난테가 나뒹구는 바람에 그 역시 땅바닥으로 곤두박질쳐 흠씬 두들겨 맞는다. 죽도록 맞아 만신창이가 되지만 돈키호테는 이 모든 것을 자신의 부족한 로시난테 탓으로 돌리고 편력기사에게 으레 일어나는 불행이라 여기며 기꺼이 감수한다. 그러나 돈키호테는 온몸에 골병이 들어 옴짝달싹할 수 없음을 깨닫고 평소대로 책에서 읽은 대목, 즉 카를로토에게 상처 입고 산중에 버려진 발도비노스와 만투아 후작의 이야기를 떠올린다. 때마침 운 좋게도 고향 마을의 농부가 말을 싣고 풍차방앗간으로 가다가 우연히 돈키호테를 발견해 집까지 데려다준다. 그가 도착하자 걱정스레 그를 기다리고 있던 친구인 신부와 이발사, 가정

양치기 소년 안드레스를 구해주는 돈키호테.

부와 조카딸은 깜짝 놀란다. 돈키호테는 놀란 그들에게 자기가 세상에서 가장 거대하고 사나운 거인 열 명과 싸우다가 로시난테가 넘어지는 바람에 모든 것이 엉망이 되고 말았다는 얘기를 늘어놓는다. 그러자 신부는 혀를 차며 다음 날 날이 저물기 전에 시골 귀족의 책을 모두 불살라버리겠다고 맹세한다.

시골 귀족의 서재에 대한 종교재판(6장)

돈키호테의 광기가 기사소설 때문이라고 여긴 이발사와 신부는 그가 잠들어 있을 때 그의 서가의 책을 모조리 꺼내 하나하나 평을 하면서 보관할 책과 불태울 책을 분류한다. 하

지만 조카딸과 가정부는 한 권이라도 용서할 수 없다며 모두 창문 밖으로 내던져 불살라야 한다고 아우성이었지만, 신부는 책 제목이라도 읽지 않고는 그렇게 할 수 없다며 책들을 한 권씩 검토하면서 책들에 대한 종교재판을 시작한다. 그렇게 신부와 이발사는 당시 인기리에 읽히던 기사소설인『아마디스 데 가울라』『에스플란디스의 공훈』『라우라의 돈 올리반테』『화원』『히르카니아의 플로리스마르테』『플라티르 기사』『십자가의 기사』『팔메린 데 올리바』『팔메린 데 잉글라테라』『돈 벨리아니스』『백기사 티란테』, 그리고 목가소설인『디아나』『이베리아의 양치기』『에나레스의 요정』『질투심의 정체』『필리다의 양치기』, 세르반테스의『라 갈라테아』

기사소설 화형식. 돈키호테의 광기가 기사소설 때문이라고 생각한 친구 이발사와 신부는 돈키호테가 잠든 틈을 타서 그의 서재에 있는 책들을 모두 꺼내 불사른다.

외 여러 시집을 평한다. 신부와 이발사는 세르반테스라는 작가에 대해 언급하며 그의 작품을 평한다. 신부 일행은 보관될 가치가 있는 책 몇 권만 남기고 모두 불에 태운 후 돈키호테가 일어나서 책들을 찾지 못하도록 그의 서재에 벽을 쌓아 아예 막아버린다. 그러고 나서 돈키호테에게는 마법사가 와서 책과 서재를 비롯해 모든 것을 가져갔다고 말한다.

섬의 영주가 되고자 돈키호테의 종자가 된 산초 판사 (7장)

돈키호테는 온갖 감언이설과 허황된 약속으로 약간 아둔한 이웃집 농부를 구슬려 두 번째 출정을 떠난다. 돈키호테는 자기와 함께 떠나면 모험을 즐길 수 있고, 언젠가는 섬도 손에 넣어 영주가 될 수 있다고 이웃집 농부에게 철석같이 약속한다. 산초 판사라 불리는 키가 작고 뚱뚱한 이 농부는 그렇게 처자식들을 남겨두고 돈키호테의 종자가 된다.

돈키호테는 주막집 주인의 충고대로 옷가지를 비롯해 몇 가지 물품도 준비한다. 모든 준비가 끝나자 산초는 처자식과도 작별을 나누지 않고, 돈키호테 역시 가정부와 조카딸에게 인사조차 없이 어느 날 밤 아무도 모르게 마을을 빠져나간다. 산초는 이미 주인이 약속한 것처럼 섬의 영주라도 된 듯 자루와 물주머니를 매단 당나귀 위에 앉아 족장처럼 거들먹거리며 간다.

상상도 못할 풍차 모험(8장)

로시탄테를 탄 돈키호테와 당나귀에 오른 산초는 첫 번째 출정 때와 마찬가지로 아무도 모르게 새벽에 길을 나서 몬티엘 평야를 가로질러 두 번째 출정을 떠난다. 돈키호테는 들판에 서 있는 풍차들을 보고 팔이 기다란 거인들이 있으니 자기 혼자 싸워보겠다며 말을 몰아 돌진한다. 산초는 그것은 거인이 아니고 풍차라며 소리소리 지른다.

그런데 마침 바람이 불어 풍차 날개가 움직이고, 이를 본 돈키호테는 더욱 기세를 올려 날개를 향해 돌진했다가 로시난테와 함께 들판으로 내동댕이쳐진다. 당나귀를 타고 달려온 산초가 풍차도 구분하지 못하고 덤벼드는 사람이 어디 있느냐고 힐책하자, 돈키호테는 전쟁터에서는 모든 것이 끊임없이 변화하기 마련이며 그의 서재와 장서들을 훔쳐간 마법사 프레스톤이 그의 영광마저 앗아가고자 거인들을 풍차로

돈키호테가 적인 줄 착
각하고 무작정 달려들
어 공격했던 풍차.

둔갑시켰다며 응수한다.

용맹한 비스카야인과의 모험(8장)

그날 밤 나무 아래서 밤을 보내게 된 돈키호테는 기사소설에서 읽은 그대로 잠을 자지 않고 뜬눈으로 둘시네아만을 생각하지만, 산초는 그런 것에는 아랑곳 않고 푸짐하게 먹고 마시고 푹 잠을 잔다. 다음 날 두 사람은 푸에르토 라피세를 향해 길을 재촉하여 오후 3시경에 목적지에 도착한다. 돈키호테는 앞으로 산초가 기사 칭호를 받을 때까지는 기사와 대적하는 자기를 도와서는 안 되지만, 그를 공격하는 무리가 신분이 낮은 사람들일 경우에는 도와줘도 괜찮다는 등 산초에게 기사도에 관한 얘기를 나누며 길을 간다.

그때 주인과 종자는 베네딕트 수도사 두 사람과 세비야로 남편을 만나러 가는 비스카야 귀부인이 탄 마차와 이를 호위하는 사람들을 만난다. 돈키호테는 그들 일행을 공주를 납치해 달아나는 마법사로 착각하고는 모험다운 모험을 하게 되었다며 신이 나서 창을 움켜쥐고 로시난테에 박차를 가해 우선 수도사들을 향해 덤벼든다. 수도사 한 명은 당나귀에서 떨어지고, 다른 수도사는 도망치기에 바쁘다. 전리품에 눈이 먼 산초가 곤두박질한 수도사에게 달려들어 그의 옷을 벗기자, 이를 본 하인들이 산초에게 덤벼들어 때려눕힌다. 그때 돈키호테는 마차로 다가가 자기가 마법사를 물리치고 부인을 구했으니, 그 보답으로 그날 일을 토보소의 둘시네아에게 전해 달라고 간청한다. 마차를 호위하던 비스카야인은 이상한 차림새를 한 미친 사람이 자기네 갈 길을 막고 알아듣지도 못할 얘기로 수작을 붙이며 토보소로 돌아가야 한다고 우기자, 단번에 창을 잡고 덤벼든다. 돈키호테는 한 치의 양보도 없는 팽팽한 격투 끝에 칼을 높이 치켜들고 비스카야인을 반 토막 내겠다는 각오로 덤벼든다. 비스카야인 역시 칼을 쳐든 채 베개로 몸을 가린다. 다른 사람들은 두려움에 휩싸인 채 서로 으르렁거리며 상대방을 겨냥한 어마어마한 공격이 어떤 결과를 낳을지 지켜본다.

그런데 아쉬운 것은 이날의 결투 이야기를 작가가 이즈음에서 중단해버렸다는 점이다. 작가는 돈키호테의 공적과 관련하여 지금까지 이야기한 것 말고는 다른 원고를 찾지 못했다며 해명한다. 사실 이 작품의 두 번째 작가는 이토록 재미난 이야기에 망각의 법칙이 적용된다는 걸 믿고 싶지 않았으며, 라만차의 천재적인 작가들이 원고를 잘 모아두지 않았거나 잃어버릴 정도로 부주의했다고 믿고 싶지 않았다. 이런 이유로 두 번째 작가는 이야기의 결말이 싱거웠음에도 불구하고 별로 실망하지 않았는데, 하늘의 보살핌이 있어 마침내 그 결말을 찾게 된다. 그 이야기는 제2부에서 하기로 한다.

2부

시데 아메테 베넹헬리의 아랍어 작품 『돈키호테 데 라만차』(9~10장)

제1부의 이야기는 용감한 비스카야인과 유명한 돈키호테
가 번쩍거리는 칼을 높이 치켜들고 내려치려는 상황에서 중
단되었다. 서로의 칼날이 완벽하게 적중했다면, 두 사람은 적
어도 두 동강 나거나 석류가 벌어지듯 위아래로 짝 갈라질 판
이었다. 그런데 너무나도 모호한 바로 그 시점에서 이야기가
중단되는 바람에 참으로 흥미진진한 이야기의 흐름이 끊어
지고 말았다. 그러면서도 원작자는 빠져 있는 이야기를 어디
에서 찾을 것인지에 대해 우리에게는 아무런 언급도 하지 않
았다.

두 번째 작가는 이 재미난 이야기에서 빠졌다고 생각되는
부분보다 훨씬 더 많은 부분을 찾고 싶었다. 이렇게 훌륭한
기사 곁에 그의 전무후무한 위업을 기록할 만한 현자가 없다
는 것은 있을 수도 없는 일이며, 미풍양속에서도 벗어난 일이
라는 생각이 들었던 것이다. 특히 모험을 떠나는 편력기사들
에게는 도저히 있을 수 없는 일이라고 생각되었다.

한편 두 번째 작가는 돈키호테의 장서들 속에 『질투심에
대한 환멸』과 『요정들과 에나레스의 목동들』 같은 비교적 근
래 작품들이 있는 것으로 보아, 돈키호테 이야기 역시 동시대

성을 띠고 있다고 추측한다. 그리고 기록으로 남지는 않았지만 어쩌면 마을 사람들과 이웃의 기억 속에는 남아 있을 것으로 믿는다. 이런 생각은 스페인의 유명한 기사요, 라만차 지방 기사도의 빛이자 거울인 이 시대 최고의 기사 돈키호테 데 라만차의 전 생애와 경이로움에 대해 알고 싶다는 열망을 부추겼다. 어쨌든 두 번째 작가인 세르반테스가 이 이야기를 찾아낸 경위는 다음과 같다.

어느 날 세르반테스가 톨레도의 알카나 거리에 있는데, 한 소년이 비단 장수에게 잡기장 몇 권과 낡은 종이 뭉치를 팔려고 다가왔다. 길바닥에 널려 있는 종잇조각까지도 즐겨 읽는 세르반테스인지라 그는 소년이 팔려고 가져온 것들 가운데 잡기장 한 권을 집어 들고 글자를 보니 아랍어였다. 그런데 알아보기는 해도 해석할 줄은 몰라 혹시 잡기장의 내용을 해석할 수 있는 개종한 무어인인 모리스코인이 있는지 주변을 두리번거리며 돌아본다. 세르반테스는 운 좋게 모리스코인을 만나 그에게 원하는 바를 말한 다음 책을 건네준다. 모리스코인은 책 중간 부분을 펼치더니 조금 읽다 말고 웃음을 터트린다. 그는 책 가장자리에 달린 주석 때문에 웃는다며 그 부분에 둘시네아 데 토보소에 대한 얘기가 나온다고 말한다. 세르반테스는 그 잡기장에 돈키호테 이야기가 담겨 있다는 생각이 얼핏 들어 첫 부분을 읽어달라고 청한다. 모리스코인은 아랍어를 스페인어로 바꿔 읽으면서 "아랍의 역사가 시데 아메테 베넹헬리가 쓴 돈키호테 데 라만차의 이야기"라고 말한다. 세르반테스는 모리스코인에게 잡기장에서 돈키호테를 다룬 부분은 하나도 빼지도 덧붙이지 말고 스페인어로 번역해주면 원하는 대로 값을 치르겠다고 제안한다. 세르반테스는 모리스코인을 자기 집으로 데리고 가서 한 달 반 남짓 머물게 하면서 책의 내용을 번역시킨다. 그 부분이 우리가 앞으로 계속 읽게 될 책의 내용이다.

목동 그리소스토모와 산양치기 처녀 마르셀라의 이야기(11~14장)

저물녘에 산양을 치는 목동들의 오두막에 다다른 돈키호테와 산초는 그들로부터 융숭한 대접을 받는다. 돈키호테는 그에 대한 보답으로 행복한 시절인 황금시대와 오늘날의 철기시대에 대한 기나긴 장광설을 늘어놓는다. 황금시대에는 모든 것을 공동으로 소유했으며, 양식을 얻기 위해서는 나무에 손만 뻗어도 달콤하게 익은 열매를 딸 수 있었고, 맑은 샘물과 흐르는 강물은 맛 좋은 맑은 물을 충분히 제공했고, 그 시대에는 모두가 평화롭고 우애가 넘쳤으며 조화로웠다고 말한다. 순박한 목동들은 돈키호테의 이야기를 공손한 태도로 들은 후 그날 있었던 일, 즉 그리소스토모라는 목동으로 변장한 유명한 대학생이, 부잣집 딸인데도 산양치기 처녀로 복장하고 돌아다니는 마르셀라 때문에 상사병으로 자살했다는 얘기를 한다. 그리소스토모가 마르셀라를 처음 보았던 샘물 가까이에 있는 바위에 묻어달라고 유언했기 때문에 다음 날에 있을 장례식이 큰 볼거리라고도 했다. 마르셀라는 어린 나이에 부모를 잃고 큰 유산을 물려받은 아름다운 처녀였다. 너무나도 아름답게 성장한 그녀의 모습에 많은 남자들이 마음을 빼았겼다. 그 때문에 그녀의 미모는 그 마을에 페스트보다 더 큰 피해를 주었다. 마르셀라의 상냥함과 아름다움은 그녀를 섬기는 청년들의 마음을 사로잡았지만 그녀의 냉담함과 경멸은 그들을 자살로 몰아넣었다.

그러나 다음 날 장례식장에서 마르셀라가 나타나 혼자 살고 싶은 자신의 마음을 모두에게 알리고 자신을 비난하지 말아달라고 당부하고 나서 사라지자, 돈키호테는 산속으로 들어가 그녀를 지켜주겠다고 결심한다.

3부

잔인한 양구아스인들과 양떼와의 모험(15장)

무정한 산양치기 처녀 마르셀라를 찾아 숲 속을 헤매던 돈키호테와 산초는 시원한 개울이 흐르는 들판에 이르러 로시난테와 당나귀를 풀어주고 둘은 의좋게 앉아 요기를 한다. 그런데 근처에서 양구아스인들이 몰고 온 암말들을 보고 발정이 난 로시난테가 예의범절도 잊은 채 주인의 허락도 없이 암말들에게 달려들었다가 양구아스인들에게 몽둥이찜질을 당한다. 이를 보고 돈키호테와 산초가 달려가 20여 명의 양구아스인과 싸움을 벌이지만 중과부적으로 몹시 두들겨 맞는다. 호되게 곤욕을 치른 돈키호테는 산초를 불러놓고, 이번 일은 자기가 기사도 법칙을 망각하고 기사 칭호도 받지 않은 불한당들에게 칼을 빼서 벌을 받은 것이니 앞으로는 그런 불한당을 만나면 산초가 나서서 혼내주라고 명한다.

담요 키질을 당한 산초 (16~17장)

당나귀 등에 실려 주막에 도착한 돈키호테와 산초는 그곳에서 다시 한 번 호된 몽둥이찜질을 당한다. 하지만 돈키호테는 그 일이 모두 무어인 마법사의 짓이라고 여기고, 다음날 아침 성주에게 인사치례만 하고 숙박비도 치르지 않은 채 그냥 문을 나선다. 돈키호테는 돈을 내라는 주막 주인에게 탐욕스럽다며 욕까지 퍼부은 후 뒤도 돌아보지 않고 혼자 말을 타고 도망친다. 하지만 그때까지 주막에 남아 있던 산초는 평생을 두고 잊지 못할 담요 키질을 당한다. 돈키호테는 죽었다가 살아난 산초에게 그 성이 마법에 걸려 있어서 자기는 성벽을 타고 올라갈 수도 없었고, 또 기사도 법칙상 기사가 아닌 사람들과는 대적할 수도 없기 때문에 가만히 있었다고 변명하지만 치욕스럽게 곤욕을 치른 산초에게 그런 변명은 통하지 않는다.

양떼와의 모험(18장)

모험이 매번 불행으로 끝나자 산초는 농사철이라며 집으로 돌아가겠다고 말한다. 돈키호테가 산초를 설득하고 있는데, 저 멀리서 그들을 향해 흙먼지를 뽀얗게 일으키며 돌진하는 군대의 모습이 보인다. 돈키호테는 두 군대가 드넓은 평원 한가운데서 만나 싸우려고 양편에서 달려오는 것이라 생각하고는 약한 편을 도와주겠다고 결심한다. 하지만 흙먼지가 가까워졌을 때 보니, 그들은 군대가 아니라 양들이었다. 이를 깨달은 산초가 소리 지르지만 돈키호테는 이미 흙먼지 한가운데로 뛰어들어 철천지원수들을 향해 창을 휘두르듯 용맹스럽고 무모하게 창을 찔러대기 시작한다. 그는 양치기들이 던진 돌멩이에 맞아 갈비뼈가 부러지고 이빨도 두 개만 남고 몽땅 부러진다.

'슬픈 얼굴의 기사' 돈키호테(19장)

처참한 몰골이 된 돈키호테를 위로하기 위해 산초는 여러 가지 재미있는 이야기들을 들려준다. 이런저런 이야기를 나누다 보니 기사와 종자는 그날 밤 묵을 곳을 찾기도 전에 길 위에서 밤을 맞고 만다. 설상가상으로 산초가 자루를 잃어버리면서 비상식량까지 모두 털려 꼼짝없이 굶게 된다. 그때 길 건너편에서 커다란 불빛이 걸어오는 게 눈에 띈다. 마치 유성처럼 밝고 큰 불빛이었다. 가까이 가보니 흰 상복을 입고 시체를 운반하는 행렬이었다. 하지만 돈키호테는 그 순간 책에서 읽은 모험이 상상 속에서 생생하게 재현되면서 그 마차에 큰 부상을 입었거나 죽은 기사가 관에 실려 있을 거라 상상한다. 그리고 그 기사의 복수는 오로지 자신의 몫이라고 생각한다. 흰 상복을 입은 사람들은 겁이 많은 데다 무기도 없어 말에서 떨어진 한 명만 제외하고는 모두 들판으로 달아난다.

한편 산초는 그들이 가지고 온 식량을 자신의 당나귀 위에 옮겨 싣느라 정신없이 바쁘다. 산초는 말에서 떨어진 사람을 제대로 일으켜 앉힌 후 모두를 용감하게 무찌른 용맹스러운 기사가 바로 다름 아닌 돈키호테 데 라만차이며, 일명 '슬픈 얼굴의 기사'라고 불린다고 말한다. 돈키호테가 산초에게 왜 자기를 그렇게 부르느냐고 묻자, 산초는 횃불에 비친 주인의 얼굴이 너무나도 비통해 보여서 그랬다고 대답한다. 다른 기사들처럼 별호가 필요했던 돈키호테는 그 명칭이 마음에 들어 앞으로는 자신을 '슬픈 얼굴의 기사'로 부르기로 한다.

물레방아 소리가 빚어낸 전대미문의 공포(20장)

칠흑 같은 어둠 속에서 돈키호테와 산초는 빼앗은 음식을 배불리 먹고 나자 심한 갈증을 느낀다. 그래서 그들은 샘을 찾다가 거대한 바위들이 떨어지는 듯한 요란한 물소리를 듣게 된다. 하지만 그 소리와 함께 일정한 박자에 맞춰 쿵쿵거리는 소리가 들리자 돈키호테와 산초는 공포심을 느낀다. 고립감과 숲이라는 장소, 어두움, 나뭇잎이 흔들리는 소리와 물 떨어지는 소리, 쿵쿵거리는 소리 등 모든 것이 두려움과 공포를 불러일으킨다. 더군다나 그들이 어디에 있는지조차 모른다는 사실이 더욱 그들을 두렵게 만든다.

산초는 혼자 남는 게 두려운 나머지, 소리의 진상을 밝히기 위해 목숨을 걸고 싸우러 가겠다는 돈키호테에게 간곡히 매달리며 가지 말라고 간청하지만 돈키호테는 막무가내이다. 결국 산초는 꾀를 내어 로시난테의 배띠를 조인 후 자기 당나귀의 고삐로 로시난테의 두 다리를 묶어놓는다. 로시난테가 제자리에서 꼼짝도 할 수 없게 되자 돈키호테 역시 움직이지 못한다.

산초는 쿵쿵거리는 소리가 너무 무서워 선 채로 용변을 본다. 하지만 아침이 되어 모든 윤곽이 드러나면서 그 소리가 바로 물레방아 소리였음을 알고는 산초가 마구 웃어대자 돈키호테는 기분이 상해 앞으로는 주인과 하인 사이에 좀 더 거리를 둬야겠다며 일침을 가한다.

맘브리노 투구 탈취(21장)

돈키호테와 산초는 물레방앗간의 모험이 너무나도 기분 나빠 전날과는 다른 길로 접어든다. 얼마 가지 않아 돈키호테는 저쪽에서 머리에 황금같이 번쩍거리는 뭔가를 뒤집어쓴 채 말을 타고 오는 남자를 발견한다. 돈키호테는 그를 얼룩말을 타고 황금 투구를 쓰고 오는 기사로 보지만, 산초는 황갈색 당나귀를 타고 머리에 놋쇠 대야를 쓰고 오는 사람으로 본다. 그는 큰 마을의 이발사로, 작은 마을에 출장을 가는 길이었는데 도중에 비가 내려 새로 산 모자가 젖지 않도록 놋대야를 머리에 쓰고 가던 중이었다. 이발사는 자신을 향해 괴물처럼 돌진하는 돈키호테를 피해 당나귀와 놋대야를 버리고 얼른 도망친다. 돈키호테는, 마법에 걸린 유명한 투구의 가치를 모르는 자가 순금으로 만들어진 것을 알고는 반은 녹여 돈으로 바꾸고 반은 대야처럼 만들어 쓰고 다니는 거라고 말한다. 그는 대장간을 찾아가 누구도 필적할 수 없는 천하무적의 투구를 만들어 쓰겠다고 마음먹는다. 하지만 그동안은 없는 것보다 나으니 대야 모양이라도 쓰고 다녀야겠다고 생각한다. 산초는 이발사가 버리고 간 당나귀를 자기 당나귀와 바꿔 타고 돈키호테와 함께 국도로 접어든다.

갤리선 죄수들과의 모험(22장)

돈키호테는 산초와 많은 얘기를 나누며 길을 가던 중에 목에는 쇠사슬을 매고 손에는 수갑을 찬 채 끌려가는 열두어 명의 남자들을 보고 그들이 누구냐며 산초에게 묻는다. 산초는 죄를 지어 재판을 받고 갤리선의 노예로 강제로 끌려가는 죄수들이라고 대답한다. 돈키호테는 그들이 자신의 의지가 아닌 강요에 의해 끌려간다면, 억압을 타파하고 불행한 사람들을 구한다는 자신의 임무에 딱 맞는 일이라며 그들을 구해주기로 결심한다.

불의를 바로 잡고 불행한 자를 도와줘야 한다는 기사도 정신이 투철한 돈키호테는 죄수들에게 끌려가는 이유를 물은 다음, 죄가 있으면 저승에 가서 죗값을 치르면 된다면서 간수들에게 그들을 풀어주라고 요구한다. 그러나 단호히 거절하는 간수장에게 돈키호테가 느닷없이 일격을 가해 쓰러뜨리고, 산초가 결박을 풀어준 히네스 데 파사몬테는 간수장이 놓친 화승총을 들고 위협을 가해 간수들을 모두 쫓아낸다. 간수들은 히네스 데 파사몬테의 화승총뿐 아니라 자유의 몸이 된 죄수들의 돌팔매질이 두려워 도망친다.

산초는 이번 일이 걱정되어 돈키호테에게 가까운 산속으로 몸을 피하자고 청한다. 하지만 돈키호테는 죄수들을 모두 모아놓은 자리에서 토보소로 가서 둘시네아 공주님을 뵙고

슬픈 얼굴의 기사가 보냈다고 말하고 자신의 업적을 얘기해야 한다고 강요한다. 그러나 히네스 데 파사몬테는 이제 곧 종교경찰들의 추격을 받을 테니 그 부탁을 들어줄 수 없다고 거절한다. 돈키호테가 이 말을 듣고 격분해 달려드는 순간, 히네스 데 파사몬테의 지

갤리선으로 끌려가는 죄수들을 풀어주는 돈키호테.

시를 받은 죄수들은 돈키호테에게 일제히 돌멩이 세례를 퍼붓는다. 죄수들은 산초에게도 달려들어 옷을 모조리 벗긴 후 나머지 전리품들도 자기네끼리 나눠 가지고 각자 흩어진다. 당나귀는 고개를 떨어뜨린 채 이따금 두 귀를 쫑긋거리고, 주인과 함께 돌팔매질을 당한 로시난테는 주인 옆에 너부러져 있고, 산초는 알몸으로 종교경찰을 생각하며 벌벌 떨고, 돈키호테는 배은망덕한 죄수들에게 당한 게 분해 몹시 불쾌해한다.

시에라 모레나 산에서의 모험(23~27장)

돈키호테와 산초는 근처 시에라 모레나 산으로 들어선다. 종교경찰이 그들을 찾는다 해도 지형이 워낙 험해 두 사람을

찾을 수 없을 거라 믿고 며칠 동안은 그곳에 숨어 지낼 생각이었다.

돈키호테는 산속으로 들어가 보니 자신이 그토록 갈망하던 모험을 펼치기에 적합한 곳이라는 생각이 들어 진심으로 기뻐한다. 그곳처럼 외지고 험한 지세에서 편력기사들이 행했던 일들이 떠오른 것이다. 그렇게 길을 가다가 그들은 잔뜩 부식되어 망가진 가방 하나를 발견한다. 그 안에는 옷가지와 금화 100에스쿠도와 수첩이 들어 있었는데, 돈은 산초가 차지한다. 수첩을 열어보니 실연한 남자의 원망과 비탄, 불신이 담긴 시와 편지들이 들어 있었다. 산초는 훌륭한 주인을 모시면서 겪었던 담요 키질과 몽둥이세례, 마부의 주먹질, 그리고 허기와 갈증과 피로를 금화로 충분히 보상받았다고 여긴다. 하지만 '슬픈 얼굴의 기사'는 그 가방의 주인이 과연 어떤 사람인지 알고 싶은 욕망에 사로잡힌다. 소네트와 편지, 금화, 고급 셔츠 등으로 미루어 여자의 경멸과 멸시로 절망적인 결말에 이른 지체 높은 남자일 가능성이 높았기 때문이다.

그때 거의 알몸으로 검은 수염을 덥수룩하게 기르고 머리는 산발한 채 맨발의 젊은이가 바위 위에 나타났다가 갑자기 사라진다. 기사와 종자는 길을 가다가 만난 목동들을 통해 조금 전에 만난 젊은이가 가방의 주인이라는 사실을 알게 된다.

젊은이는 제정신일 때는 점잖고 예의 바르게 행동하지만 광기에 사로잡히면 걷잡을 수 없이 거칠어졌다. 그래서 돈키호테는 그 불쌍한 미치광이가 어떤 사람인지 더욱 궁금해진다. 그러다가 돈키호테는 젊은이를 만나 그를 '누더기 기사'라 칭한 후 그의 사연을 얘기해달라고 청한다. 기사도를 발휘해 그의 불행을 듣고 구제할 방법이 있으면 도와주고 싶었던 것이다. 이름이 카르데니오인 그 젊은이는 안달루시아의 유명한 도시가 그의 고향이었다. 그는 귀족 가문 출신에 부유한 부모님을 두었지만 공작의 둘째 아들 페르난도의 간계에 빠져 사랑하는 여인 루신다를 잃은 사연을 얘기하다가 돈키호테와 말싸움이 벌어져 크게 다툰 후 모습을 감춘다.

시에라 모레나 산에서 카르데니오를 찾아다니던 어느 날, 슬픈 얼굴의 기사는 가장 완벽한 편력기사 아마디스를 본보기로 삼고는 자신에게 불멸의 영광과 명예를 안겨줄 고행을 하기로 결심한다. 동시에 그는 롤랑이나 오를란도의 광기도 흉내 내고자 한다. 아무 이유도 없이 광기에 사로잡힌 그는 둘시네아 공주를 더욱 열렬하게 사모함으로써 불멸을 얻고 싶었던 것이다. 돈키호테는 자신의 광기에 대해 둘시네아 공주에게 편지를 써서 산초에게 들려 보낸 다음 산초가 답장을 가져올 때까지 자신은 산속에서 고행을 하기로 굳게 결심한다. 하지만 편지를 쓸 종이가 없어 카르데니오의 수첩에 편지를 적은 뒤, 처음 도착하는 마을에 가서 글선생이나 신부를 찾아 편지를 종이에 정자로 옮겨서 가지고 가라고 산초에게 명한다. 그리고 산초에게 당나귀 3마리를 주라는 내용의 조카딸에게 보내는 양도 각서도 함께 적는다. 산초는 편지를 적으면서 돈키호테가 그토록 애타게 사모하던 둘시네아 공주가 로렌소 코르추엘로의 딸인 알돈사 로렌소라는 걸 알고는 적잖이 실망한다. 마을 전체에서 가장 힘이 세고 가슴에 털이 난 처녀로 누구의 수염이든 낚아챌 여자였기 때문이다.

한편 돈키호테의 명으로 로시난테를 타고 둘시네아에게 편지를 전하러 가던 산초는 얼마 전 담요 키질을 당했던 주막에 도착, 그곳에 들어가야 할지 말아야 할지 망설이다가 그 앞에서 돈키호테의 친구인 신부와 이발사를 만난다. 신부와 이발사가 돈키호테의 행방을 물어도 산초가 대답하지 않자 그들은 산초가 주인을 죽이고 말을 훔쳤다며 협박한다. 그러자 산초는 돈키호테의 현재 상황과 그동안 있었던 갖가지 모험들, 그리고 어떤 경위로 주인이 반한 알돈사 로렌소에게 편지를 가져가게 되었는지를 한 번의 막힘도 없이 일사천리로 말한다. 두 사람은 산초에게 그 편지를 보자면서 신부는 직접 자신의 좋은 필체로 옮겨주겠다고 나선다. 하지만 돈키호테는 편지를 써서 산초에게 주지 않았으며, 산초 역시 편지를 달라는 것을 잊은 채 그냥 출발해 편지는 처음부터 없었다.

산초는 대충 기억력을 더듬어 편지의 내용을 떠올려 신부와 이발사에게 이야기해준다.

산초는 자기가 둘시네아 공주에게서 반가운 회신을 받아 가면 주인은 황제 또는 적어도 국왕이 될 길을 찾아 떠나기로 약속했으며, 주인의 뛰어난 성품과 용맹스러운 기상으로 보아 전혀 어려울 것이 없다고 말한다. 그러면 자기는 황후의 시녀들 가운데 한 사람을 아내로 맞이할 거라며 꿈에 부풀어 얘기한다.

신부와 이발사는 이 가엾은 사내의 분별력마저 앗아간 돈키호테의 광기가 얼마나 극성스러운지 헤아리게 된다. 하지만 그들은 산초의 황당한 이야기를 듣는 게 재미있어 굳이 그의 착각을 일깨워주려고 하지 않는다. 잠시 후 신부와 이발사는 곰곰이 생각한 끝에 한 가지 묘안을 떠올린다. 이발사는 유랑하는 아가씨로 변장하고 신부는 그럴싸한 종자로 꾸민 뒤 돈키호테를 찾아가 비탄에 빠지고 곤경에 처한 처녀처럼 행세하며 도움을 청하면, 용맹스런 기사인 그로서는 청을 거절하지 못할 거라는 계산이었다. 그렇게 돈키호테를 산에서 끌어내 마을로 데리고 가 그의 광기를 고칠 방법을 연구해보려는 의도였다. 그들은 산골짜기로 들어가 나무 그늘 아래서 쉬던 중 카르데니오의 노랫소리를 듣고 그의 나머지 사연을 듣게 된다.

4부

시에라 모레나 산에서의 계속되는 모험 (28~31장)

신부가 카르데니오에게 위로의 말을 하려는 순간, 어디선가 구슬픈 목소리가 들려온다. 남장한 아가씨인 도로테아가 돈 페르난도에게 버림받고 신세 한탄하는 소리였다. 카르데니오는 도로테아로부터 끝까지 지켜보지 못했던 루신다의 결혼식 뒷얘기―루신다에게 우롱당했다고 생각한 돈 페르난도는 그녀를 단검으로 찌르려다가 그곳에 있던 사람들의 만류로 그만두고 도시에서 사라졌으며, 루신다는 다음 날 실신 상태에서 깨어나 부모님에게 자신은 카르데니오의 아내라고 말한 뒤 사라져 버렸다―를 듣고는 한 가닥 희망을 가진다.

이발사와 신부는 카르데니오와 도로테아를 만난 후 원래의 계획을 바꿔 도로테아를 기네아 근방에 있는 미코미콘의 공주로 만든다. 공주가 머나먼 나라에서 그 나라를 위협하는 거인들을 물리칠 라만차 지방의 유명한 기사 돈키호테를 찾아온 거라고 일을 꾸민 것이다. 드디어 미코미코나 공주의 청을 받은 슬픈 얼굴의 기사는 하산하고, 산초는 주인과 공주가 결혼하면 주인은 왕이 되고 자기는 후작이나 총독은 될 거라는 희망에 들뜬다. 그러나 돈키호테의 마음은 오로지 둘시네아에게 가 있고 공주와는 결혼할 생각이 없다는 것을 알게 된 산초는 둘시네아가 공주보다 예쁠 것 같으냐며 비아냥거린다. 산초의 무례한 언사에 화가 난 돈키호테는 얼마 전에 직접 둘시네아를 보고도 그런 말을 하냐고 야단을 치며 산초와 다툼을 벌인다.

그러던 차에 당나귀를 타고 오는 한 사내가 눈에 띈다. 어디서든 당나귀만 보면 정신이 쏠리는 산초는 그 사내가 히네스 데 파사몬테이고 당나귀 역시 자기 것임을 알아본다. 그는 신분을 들키지 않고 당나귀를 팔기 위해 집시로 변장하고 다녔던 것이다. 그는 산초가 외치는 소리를 듣자마자 당나귀를 버리고 부리나케 달아나 버린다. 그러고는 첫 출정에서 구해준 소년 안드레아가 나타나 자기를 알아보지 못하겠냐면서 앞으로는 고통을 당하는 사람을 만나더라도 절대 도와주지 말고 그냥 내버려두는 편이 훨씬 나을 거라며 돈키호테에게 원망과 저주를 퍼붓고 사라진다.

「무모한 호기심」(32~38장)

이튿날 돈키호테 일행은 숙식비를 지불하지 않고 도망쳤던 주막에 도착한다. 산초는 무섭고 놀라 들어가고 싶지 않지만 그렇다고 달아날 수도 없다. 하지만 주막집 주인 부부와 딸, 그리고 하인 마리토르네스가 돈키호테와 산초를 반갑게 맞이하자 돈키호테는 엄숙하고 차분한 표정으로 예전보다 좋은 침대를 준비해달라고 청하고는 몹시 지친 터라 곧바로 잠자리에 든다. 다른 일행은 짐을 푼 뒤 기사소설의 폐해에 대해 한참 얘기한 후 빙 둘러앉아 주막집 주인이 가지고 있던 8장으로 이루어진 필사본 「무모한 호기심」이라는 단편소설을 신부에게 읽도록 한다. 그 이야기는 이탈리아 플로렌스에서 일어난 것으로, '두 친구'라 불릴 정도로 우정이 돈독한 안셀모와 로타리오에 대한 내용이었다. 정숙하고 아름다운 카밀라와 결혼한 안셀모는 부인의 정절을 시험하기 위해 로타리오에게 아내를 유혹해달라고 부탁하지만, 그 결과 세 사람 모두 돌이킬 수 없는 불행을 맞이한다. 친구의 부탁을 끝내 거절하지 못한 로타리오는 거짓으로 카밀라를 유혹하다가 진짜로 그녀를 사랑하게 되고, 카밀라 역시 로타리오에게 사랑을 느껴 남편을 속이게 된다. 로타리오의 말만 듣고 아내가 진정으로 정숙하다고 생각한 안셀모는 세상에서 가장 유쾌하게 속은 남자가 된다. 하지만 결국에는 카밀라의 하녀에 의해 모든 진실이 밝혀지는 통에 안셀모는 실의에 빠져 죽음에 이르고, 로타리오는 전쟁터에서 죽음을 맞이하고, 카밀라는 수녀원에 들어간다.

이야기를 조금 남겨두고 있는데 돈키호테가 쉬고 있던 다락방에서 산초가 혼비백산한 모습으로 뛰쳐나와, 자기 주인이 미코미코나 공주의 적인 거인의 머리를 단칼에 무처럼 베어버렸다고 소리 지른다. 그 말을 들은 주막집 주인은 돈키호테가 포도주 부대를 자른 것이라 짐작하고, 모두 방으로 뛰어간다. 실은 돈키호테가 거인과 싸우는 꿈을 꾸다가 치미는 분노를 억제하지 못하고는 잠결에 칼을 빼서 휘두르다보니 그만 머리맡에 놓여 있던 포도주 부대를 잘라버린 것이다. 불쌍한 돈키호테는 이발사가 차가운 우물물을 가져와 뿌릴 때까지 잠에서 깨어나지 못한다. 결국 돈키호테는 꿈에서 깨어나지만 자신이 처한 상황을 납득하지 못하고, 그 집이 마법에 걸린 게 분명하다며 다시 한 번 확신한다. 주막집 안주인이 돈키호테에게 입은 피해를 나열하자 신부가 최대한 보상해주겠다고 약속한다. 도로테아는 실망한 산초에게 거인의 머리를 벤 게 사실이라고 위로하면서 왕국에서 가장 훌륭하고 평온한 영토를 주겠다고 약속한다. 이것으로 위안을 얻은 산초는 공주에게 자신이 확실히 거인의 목을 보았으며, 그게 보이지 않았다면 그것은 주막이 마법에 걸렸기 때문이라고 말한다. 그 일이 잠잠해지자 일행은 읽고 있던 「무모한 호기심」의 나머지 부분을 읽는다.

필사본을 다 읽고 나자 창과 방패를 들고 검은 복면으로 얼굴을 반쯤 가린 남자 넷과, 얼굴을 가리고 흰옷을 입은 여인 한 명이 무리를 지어 주막으로 들어선다. 돈 페르난도가 수도원에서 루신다를 납치해 집으로 돌아가는 길이었다. 도로테아와 카르데니오는 각기 자기네들의 정혼자인 돈 페르난도와 루신다를 알아보았으며, 신부와 여러 사람들의 간곡한 중재 끝에 돈 페르난도가 자신의 잘못을 뉘우치면서 각기 제짝을 찾게 된다. 이 모든 사실을 목격한 산초는 깊은 고통을 느끼며 허탈해한다. 작위에 대한 희망도 연기처럼 사라지고, 아름다운 미코미코나 공주가 도로테아로 변하고, 거인은 돈 페르난도로 돌아오고, 자신의 주인은 아무것도 모른 채 자고 있었기 때문이다. 모두 행복에 겨워 기뻐하지만 산초만이 불행과 슬픔으로 괴로워한다. 기운이 쭉 빠진 산초는 돈키호테에게 가서 일은 이미 다 끝났다고 말한다. 영문을 모르는 돈키호테는 그게 다 자기가 거인과 힘든 결투를 벌인 결과라고 주장한다. 돈키호테에게는 공주가 평범한 여자로 변한 것도 모두 마법 때문이었다.

포로 이야기(39~42장)

헤어진 연인들이 행복한 해후의 기쁨을 나누는 동안 무어인 복장을 한 기독교 남자와 아름다운 무어 여인 소라이다가 들어온다. 저녁식사를 마친 후 돈 페르난도가 포로에게 그의 인생사를 들려달라고 부탁하자 포로는 자신의 인생 역경을 들려준다.

그는 레온에서 삼형제 중 맏이로 태어나 군인이 되어 레판토 해전에 참가했다가 포로가 되어 알제리에서 '목욕탕'이라 불리는 감옥에 수감되었다. 그 감옥 마당 위쪽에 지체 높고 재산도 많은 어느 무어인의 저택 창문이 위치해 있었다. 그런데 어느 날 그 창문에서 끝에 보자기로 싼 것이 매달려 있는 막대기가 나타났는데, 보자기 안에는 금화가 가득 들어 있었다. 그렇게 몇 차례 금화가 오간 뒤 종이쪽지 한 장이 들어 있었는데, 그것은 기독교로 개종하고 싶다는 여인의 편지였다. 포로는 그 여인이 옆집 부자 무어인의 외동딸인 출중한 미모의 소라이다라는 사실을 알게 되고, 그녀를 도와 포로로 잡혀 있던 알제리를 떠날 계획을 세웠다. 그들은 배 한 척을 구해 여러 역경 끝에 스페인에 도착하지만 그 전에 프랑스 해적의 습격을 받아 보석과 재산은 모두 빼앗긴 채 목숨만 간신히 부지하여 그 주막에 이른 것이다.

포로의 사연을 들은 사람들은 저마다 그들을 돕겠다고 자청하지만 포로는 예를 갖추어 감사를 드릴 뿐 그 후한 제의는 받아들이지 않는다.

그날 캄캄한 어둠이 내릴 무렵, 말 탄 사람 몇 명과 마차 한 대가 주막에 도착한다. 아메리카 신대륙 즉 멕시코의 대법원에 판관으로 부임해 가는 일행으로, 판관은 세상에 태어나자마자 어머니를 잃은 외동딸과 함께 가던 중이었다. 포로는 판관을 처음 본 순간부터 동생일지도 모른다는 예감이 들지만,

22년이란 세월이 흐른 지금 부자가 된 동생이 빈곤한 처지의 자기를 어떻게 받아들일지 몰라 신부에게 조언을 구한다. 신부는 몇 해 동안 콘스탄티노플에서 포로 생활을 하면서 판관과 똑같은 성을 가진 군인을 보았다며 은근히 형의 얘기를 꺼내 판관의 심중을 떠본다. 동생이 형을 애타게 기다리고 있다는 확신이 들자 포로는 동생 앞에 나타나 정겹게 포옹한다. 포로와 소라이다는 동생과 함께 세비야로 돌아가 부친에게 소식을 전하고, 소라이다의 결혼식과 세례식을 치르기로 한다. 포로의 일이 잘 마무리되어 모두 흡족해하며 각자 돌아가 쉬려고 하는데, 돈키호테는 거인이나 불한당들이 성을 습격해 보석과도 같은 아름다운 여인들을 욕심낼지도 모르기 때문에 자기는 성을 경비해야 한다고 한다.

마법에 걸린 성(43~46장)

새벽 동트기 조금 전, 매우 구성진 노랫가락이 들려와 도로테아는 판관의 딸 클라라를 깨워 그 노래를 듣게 한다. 노래를 들은 클라라는 괴로워하며 그것을 부른 사람은 당나귀를 몰고 온 젊은이로, 자기를 사모해 높은 지체를 버리고 그런 복장으로 따라왔다는 사연을 들려준다. 도로테아는 클라라를 달래 잠자리에 들고, 주막은 정적에 쌓인다. 오직 주인집 딸과 마리토르네스만이 잠들지 않았는데, 그들은 무장한 채 주막

밖에서 보초를 서고 있는 돈키호테를 골려주기로 한다.

주막에는 밖으로 난 창문은 없었지만 밖에서 밀짚을 던져 넣을 정도의 작은 구멍이 하나 있었다. 말괄량이 두 여자는 그 구멍을 통해 돈키호테가 말 위에 앉아 투창에 기대어 둘시네아를 그리며 가끔 고통스럽게 한숨을 내쉬는 걸 엿본다. 주인집 딸이 그 구멍으로 돈키호테를 부르자, 그에게는 그 구멍이 금으로 만든 철창을 덧댄 창문으로 보인다. 주막을 아주 호화로운 성이라고 생각한 돈키호테는 성주의 딸인 아름다운 아가씨가 사랑에 빠져 자기에게 청혼하러 온 것으로 착각한다. 주인집 딸은 돈키호테를 골탕 먹이기 위해 사랑에 취한 척 구멍으로 손을 내밀어 그에게 손을 잡아달라고 청한다. 돈키호테는 기꺼이 그녀의 청을 들어주고자 로시난테의 등에 올라 손을 내밀었다가, 그를 골려주기로 작정한 여자들이 미리 준비한 올가미에 손이 묶인다. 그러고 나서 여자들은 잠자러 들어가 버린다.

돈키호테는 혹시 로시난테가 몸을 움직이면 한쪽 팔로 허공에 매달릴까봐 겁이 나 몸도 움직이지 못한다. 다행히 로시난테는 가만히 있다. 결국 꼼짝 못하게 된 돈키호테는 귀부인들이 가버렸다는 것을 깨닫고, 이 모든 게 성이 마법에 걸려서 그렇다고 상상한다. 날이 밝자 일행 네 명이 주막집 문을 두드린다. 그러자 돈키호테는 보초를 서는 중이라고 자신의 행색을 변명하면서 해가 뜨기 전에는 성문을 열 수 없다고 그들과 실랑이를 벌인다. 그러다가 그들이 타고 온 말들에게서 암내를 맡은 로시난테가 자리를 뜨는 바람에 돈키호테는 마치 도르래 끝에 매달려 발끝이 땅바닥에 닿을락말락한 상태로 고문을 당하는 꼴이 되고 만다. 그는 조금만 더 뻗으면 바닥에 닿으리라는 헛된 희망으로 열심히 다리를 뻗어보지만 고통만 더할 뿐이다.

　돈키호테가 지르는 비명 소리에 잠을 깬 마리토르네스는 아무도 모르게 헛간으로 가 돈키호테를 지탱하고 있던 고삐를 풀어준다. 돈키호테는 주막집 주인과 나그네들이 보는 앞에서 땅바닥으로 나뒹군다. 나그네들은 당나귀를 모는 열다섯 살쯤 된 젊은이를 찾으러 온 자들로, 실은 클라라의 연인인 루이스를 찾는 사람들이었다. 그런데 그때 돈키호테에게 맘브리노의 투구를 빼앗기고 산초와 억지로 마구들을 바꾼 이발사가 주막 안으로 들어와 산초를 보고 한참 실랑이를 벌인다. 루이스를 찾으러 온 사람들도 루이스와 실랑이를 벌이며, 모두가 한데 뒤엉켜 한바탕 난리 법석을 한다. 때마침 그곳에 들른 종교경찰들이 돈키호테의 인상착의를 알아보고는 그에게 갤리선 노예들을 풀어주었다는 내용의 영장을 보여주며 체포하려 한다. 결국 이발사에게는 신부가 돈을 물어주고, 주막집 주인에게는 돈 페르난도가 돈을 지불하고, 루이스는 판관의 현명한 판단과 돈 페르난도의 중재로, 종교경찰들은 돈 페르난도의 보증으로 모두 무사히 결말이 난다.

돈키호테의 귀환(47~52장)

돈키호테는 자기가 연루된 싸움뿐 아니라 산초가 벌였던 지긋지긋한 싸움들에서 풀려나 자유의 몸이 되자, 여정을 계속해 자신이 선택받은 그 위대한 모험을 끝내는 것이 좋겠다고 생각한다. 도로테아와 돈 페르난도의 해후로 계획이 다시 한 번 수포로 돌아간 것을 깨달은 이발사와 신부는 마침 그곳을 지나가던 소몰이꾼과 협상하여 돈키호테와 산초 모르게 또 다른 계획을 세운다. 돈키호테가 여유 있게 들어갈 만한 크기의 나무 우리를 만든 다음, 주막집에 있던 사람들은 모두 얼굴을 가리고 변장해 깊이 잠들어 있는 돈키호테를 포박한다. 돈키호테는 깨어나 낯선 얼굴들을 보고 놀라서 꼼짝도 못한다. 그는 터무니없는 상상을 펼쳐, 그 모습은 모두 마법에 걸린 성의 환영들이고, 자신의 몸이 꼼짝도 못하고 방어할 수 없는 것 역시 마법에 걸려 그렇다고 믿는다. 그때 돈키호테의 친구인 이발사는 목소리를 꾸며 거짓 예언을 한다. 돈키호테는 사랑하는 둘시네아와 신성하게 결합하여 라만차의 영원한 영광을 위해 그녀의 몸에서 새끼 사자들이 태어날 거라는 거짓 예언을 믿으며 위안을 얻는다. 오직 산초만이 판단력을 잃지 않고 변장한 사람들의 정체를 알아본다. 산초는 돈키호테에게 그 사실을 끊임없이 주지시키지만 예언을 굳게 믿는 돈키호테에게는 모두 실없는 소리로 들릴 뿐이다.

돈키호테를 소달구지에 싣고 고향으로 발걸음을 재촉하던 신부 일행은 톨레도의 교회법 연구원을 길에서 만나 동행하면서 기사소설과 연극, 문학의 효용성에 대해 의견을 나눈다. 교회법 연구원은 돈키호테의 논리 정연한 엉터리 논리와 기사소설이 미친 악영향에 어리둥절해한다. 또한 주인이 약속한 백작 영지를 대단한 열의로 고대하는 산초의 어리석음에도 혀를 내두른다. 그때 처량한 나팔소리가 들리더니 비를 내려달라고 기도하며 고행을 하는 사람들의 무리가 비탈길에서 내려온다. 주변 마을 사람들이 비를 내려달라며 행렬을 이루어 계곡의 비탈길에 있는 경건한 암자에 가는 길이었다. 돈키호테는 고행자들의 이상한 옷차림을 보고 편력기사인 자기가 혼자 감내해야 할 모험이라고 생각한다. 돈키호테는 성모마리아 상을 비겁하고 무례한 악당들이 납치해가는 고귀한 귀부인으로 여기고는 로시난테에게 박차를 가해 그들을 향해 큰 소리로 외치며 돌진한다. 그러자 성모마리아 상을 나르던 농부가 막대기를 세워 들고 돈키호테에게 맞서 그를 말에서 떨어뜨린다. 농부는 돈키호테가 죽은 줄 알고 들판으로 달아난다. 신부 일행은 몽둥이를 얻어맞고 축 늘어진 돈키호테를 다시 소달구지에 싣고 엿새 만에 돈키호테의 마을에 도착한다. 마침 일요일이라 광장에는 사람들이 많이 모여 있었고, 돈키호테를 실은 수레는 그 한가운데를 지나간다. 가정부와 조카가 달려 나와 돈키호테를 집으로 데려가 침대에 눕힌 후, 하늘을 올려다보며 탄식을 토해내며 기사소설들을 저주한다. 그녀들은 돈키호테가 조금이라도 회복하면 또다시 떠날까봐 두려워한다. 그 두려움은 돈키호테가 호전되자마자 현실로 다가온다.

돈키호테의 세 번째 출정에 관한 이야기 (52장)

이 이야기의 작가가 호기심과 정성으로 돈키호테의 세 번째 출정에 대한 이야기를 찾아보았지만 그 어디에서도 정확한 기록은 찾을 수 없었다. 다만 그 명성만이 라만차 지방에 남아 있었다. 돈키호테는 세 번째 집을 떠나 사라고사로 향했으며, 그곳에서 열린 수많은 유명한 기마 제전에 출전해 자신의 용기와 뛰어난 분별력에 어울리는 일들을 치렀다는 기록만이 남아 있었다.

작가는 돈키호테의 죽음에 대해 아무 이야기도 접할 수 없었지만, 납 상자를 가지고 있던 늙은 의사를 알게 되어 운 좋게 그의 죽음에 대한 소식을 듣게 되었다. 납 상자는 허물어진 무덤의 관 속에서 발견된 것으로, 그 안에는 고딕 문자의 카스티야 시 형식으로 적힌 양피지 몇 장이 들어있었다. 양피지에는 돈키호테의 수많은 무훈들이 담겨 있었고, 둘시네아 델 토보소의 아름다움과 로시난테의 모습, 산초 판사의 충직함, 돈키호테의 삶과 습관에 관한 여러 가지 묘비명, 그 밖에 찬양과 함께 그의 무덤에 대해서도 언급되어 있었다.

돈키호테 제2권(1615)

서론

　독자여, 그대는 이 서문에서 제2의 돈키호테, 다시 말해서 토르데시야스에서 잉태되어 나에게서 태어난 것처럼 전해지는 그 이야기의 작자에 대한 보복과 욕설, 공격이 있을 거라 기대하겠지만 나는 그대에게 그 만족을 줄 수 없다. 나는 그 작가가 스스로의 죄를 깨닫고 회개하길 바라는 마음이다. 다만 그가 나를 늙었다느니 외팔이니 하고 지적한 점은 그냥 간과하기가 어렵다. 주의 삼아 덧붙이고 싶은 게 있다면 지금 그대가 읽고 있는 『돈키호테 데 라만차 2권』은 1권과 같은 기술자가 같은 천을 재단해서 만든 것이고, 나는 이 글에서 돈키호테의 죽음까지 이야기하겠다는 것이다. 그것은 다른 사람이 돈키호테에 대해 달리 이야기하도록 내버려두고 싶지 않아서이다. 『페르실레스』와 『라 갈라테아』의 속편은 이제 거의 끝나가고 있으니 기대하시라.

출판되어 인기리에 읽히고 있는 「재치 넘치는 시골 귀족 돈키호테 데 라만차」에 대한 이야기(1~6장)

시데 아메테 베넹헬리는 이 이야기의 후편, 즉 돈키호테가 세 번째 집을 나서는 대목을 다음과 같이 전하고 있다. 신부와 이발사는 돈키호테가 지난 일을 떠올리지 않도록 거의 한 달 가까이 찾아가지 않다가 결국 문병을 와서 그의 회복 상태를 직접 확인한다. 두 사람은 아직 여물지 않은 상처를 건드리지 않기 위해 편력기사에 대한 말은 꺼내지 말자고 약속까지 하고 간다. 하지만 돈키호테의 회복 상태를 시험해보기 위해 화제를 바꿔 편력기사에 관한 얘기를 꺼냈다가 완전히 실망하고 만다. 돈키호테는 다른 주제를 얘기할 때는 온전한 정신을 가진 사람보다 훨씬 더 합리적이고 논리적이지만 기사도 얘기만 나왔다 하면 기사도가 가장 번성했던 황금시대를 부흥시키지 않는 오늘날의 잘못을 일깨우고 싶다며 자신의 심정을 토로하는 것이었다.

그때 산초에게 욕설을 퍼붓는 가정부와 조카딸의 소리가 들려, 신부와 이발사는 돈키호테의 광기도 놀랍지만 종자의 순진함도 그에 못지않다고 감탄하며 돈키호테의 집을 떠난다. 돈키호테는 산초와 둘만 남게 되자 자신에 대한 사람들의 평판을 묻는다. 산초는 간밤에 살라망카 대학에서 석사를 마치고 돌아온 산손 카라스코를 만났는데, 그가 자기네 이야기가 『재치 넘치는 시골 귀족 돈키호테 데 라만차』라는 제목으로 출판된 얘기를 했다고 전한다. 돈키호테가 그 이야기의 저자는 현명한 마법사임에 틀림없다고 하자, 산초는 산손 카라스코에 의하면 그 이야기의 저자는 시데 아메테 베넹헬리라는 무어인이라고 한다. 산초는 산손 카라스코를 데리러 가고, 돈키호테는 혼자 남아 무어인은 사기꾼이고 거짓말쟁이이고 술수에 능한 사람들이라 진실을 기대하기 어렵다고 걱정한다. 그로서는 그런 이야기가 존재한다는 것 자체가 도무지 납득이 안 되는 것이었다. 자기가 무찌른 적의 피가 아직 마르지도 않았는데 자신의 기사도에 관한 수많은 위업을 활자로 만든 사람이 있다는 게 믿을 수 없었던 것이다.

산손 카라스코는 『돈키호테』가 1만2000부 이상 출간되어 포르투갈, 바르셀로나, 발렌시아에서 인쇄되었다고 알려주고, 책 내용을 궁금하게 여기는 돈키호테의 질문에 답해준다. 사람마다 취향이 다르기 때문에 돈키호테가 세운 무훈 가운데 풍차 모험이 제일이라는 자도 있고, 두 무리의 양떼로 변한 군대의 모험이 제일이라는 자도 있고, 세고비아로 운반되던 시체의 모험을 칭찬하는 자도 있고, 갤리선으로 끌려가는 죄수들을 해방시켜준 대목이 가장 뛰어나다는 자도 있고, 용감한 비스카야인과의 싸움을 최고로 치는 자도 있다고 알려준다. 또한 『돈키호테』를 모든 사람이 재미있게 읽어 비쩍 마른 말이 지나가면 사람들은 "저기 로시난테가 지나간다."고 말할 정도이고, 그 책은 여태까지 출간된 책들 중에서 가장 재미있고 무해한 즐거움을 주는 책이라고 알려준다. 그러고 나서 산손 카라스코는 작가가 책의 전체 줄거리와 동떨어진 「분별없는 호기심」을 삽입한 것이 결점이라고 지적한다. 작가가 실수한 점을 지적하면서, 산초의 잿빛 당나귀를 훔친 도둑이 누구라는 기록도 없고, 당나귀가 발견되었다는 말도 없이 얼마 안 가서 산초가 같은 당나귀를 타고 있는 대목을 얘기한다. 그리고 시에라 모레나 산에서 발견한 100에스쿠도를 산초가 어떻게 썼는지에 대한 대목이 빠진 것도 지적한다. 그러자 산초는 그 돈은 자신과 마누라와 아이들 몫으로 썼고, 당나귀 문제는 작가의 잘못이 아니면 인쇄업자의 부주의라며 얼버무린다.

하지만 2권 5장에 이르면 이러한 실수는 작가의 단순한 착오가 아니라 의도적으로 계획된 글쓰기의 유희로 드러난다.

이 이야기의 역자가 5장을 번역하기에 이르렀을 때 그는 제5장이 위작이라고 얘기하고 있다. 왜냐하면 5장에서 산초 판사의 어투는 그의 짧은 재주를 능가하며, 또한 그의 지식의 한계를 벗어나는 아주 까다로운 문제를 얘기하고 있기 때문이다. 그러나 역자의 의무를 다하기 위해 이 장도 번역하지 않을 수 없었다. 그것은 다음과 같다.

세 번째 출정을 위해 산초가 아내 테레사를 설득하는 대목은 산초의 어눌하고 무식한 말투와는 전혀 동떨어진, 마치 돈키호테를 연상하게 하는 말투이다.

돈키호테의 세 번째 출정(7~10장)

돈키호테와 산초는 세 번째 출정에 앞서 보수 문제로 서로 다투면서 결별의 위기에 놓이지만 산초가 대폭 양보함으로써 원만하게 타결된다. 한편 가정부는 산손 카라스코를 찾아가 주인님과 산초가 또다시 떠날 궁리를 하고 있다며 막아달라고 부탁한다. 그리하여 산손 카라스코는 신부와 이발사와 상의해 계책을 세운다. 하지만 산손 카라스코는 돈키호테를 만류하지 않고 오히려 모험을 찾아 떠나라며 부추기고, 기사와 종자는 그런 산손 카라스코의 배웅을 받으며 둘시네아를 만나기 위해 토보소로 향한다. 길을 가면서 돈키호테는 명성에 대한 욕망이 인간의 가장 큰 욕망이라고 말하자 산초는 그렇다면 차라리 성자가 되는 편이 낫지 고생스럽게 편력기사 노릇을 할 필요가 없지 않느냐는 둥 얘기를 주고받는다.

떠난 지 사흘째 되던 날 자정 무렵 그들은 토보소에 도착하지만 산초는 둘시네아를 만나기는커녕 어디에 사는지조차 모르기 때문에 매우 난처해한다. 둘시네아를 찾아보라는 주인의 명령에 난감해진 산초는 길에서 우연히 마주친 시골 아낙네를 가리키며 둘시네아라고 둘러댄다. 돈키호테는 자기 눈에는 당나귀를 타고 오는 시골 아낙네 셋밖에 보이지 않는다고 반문하지만 잔꾀가 많은 산초는 눈처럼 새하얀 백마를 타고 갖은 보석으로 치장한 아름답고 품위 있는 귀부인이라고 우긴다. 그러자 돈키호테는 마법사가 또다시 장난을 쳐서 둘시네아의 용모와 행색을 추하게 만들었다고 믿게 된다. 둘시네아가 마법에 걸렸다며 낙담하는 돈키호테의 넋두리를 들으면서 산초는 애써 나오는 웃음을 참는다. 그렇게 그들은 해마다 거행되는 성대한 기마 제전에 참가하기 위해 사라고사를 향해 발걸음을 옮긴다.

'사신의 수행원들'과의 모험(11장)

돈키호테는 둘시네아를 본래의 모습으로 되돌려놓기 위해 골똘히 생각하며 길을 가다가 죽음의 여신과 날개가 달린 천사와 황금 왕관을 쓴 황제, 그리고 큐피드 신이 탄 마차를 만나 새로운 모험거리라 생각하고는 그들에게 다가간다. 그들이 성체절을 맞이해 공연하는 극단 배우들이라는 설명을 듣고 길을 비켜서려는 순간, 어릿광대의 장난에 놀란 로시난테가 길길이 뛰는 바람에 돈키호테는 말에서 떨어져 땅바닥으로 나뒹굴고 로시난테도 그의 옆에 사이좋게 넘어진다. 화가 난 돈키호테가 복수를 하겠다고 으름장을 놓으며 쫓아가자 극단 배우들은 돌멩이를 잔뜩 주워 들고 돈키호테에게 돌팔매 소나기를 퍼붓기 위해 반원형으로 빙 둘러서서 기다린다. 그때 산초가 나서서 그들이 편력기사도 아닌데 싸운다면 기사도에 위배되는 거라며 돈키호테에게 충고한다. 종자의 충고를 새삼 고맙게 여긴 돈키호테는 때를 놓치지 않고 고삐를 돌려 위기를 모면한다.

용맹한 '거울의 기사'와의 모험 (12~16장)

'사신의 수행원들'과 우연한 싸움이 있었던 날 밤, 돈키호테와 산초는 높다란 나무 아래서 음식을 나눠 먹고 깜빡 잠이 든다. 그러나 얼마 지나지 않아 돈키호테는 등 뒤에서 나는 소리를 듣고 잠에서 깨어난다. 한 기사와 종자가 말에서 내려 땅바닥에 드러누우면서 갑옷에서 나는 소리였다. 돈키호테는 그가 편력기사라고 짐작한다. 그는 세상에서 가장 아름답고 무정한 여인 카실데아를 연모하는 '거울의 기사'로, 스페인 방방곡곡을 돌아다니면서 모든 편력기사들에게 카실데아가 오늘날 살아 있는 여자들 가운데 가장 아름답다는 것을 인정받았으며, 그 가운데 그 유명한 기사 돈키호테와도 일대일로 겨뤄 그를 무찌르고 둘시네아보다 카실데아가 훨씬 아름답다고 선언하도록 한 게 가장 자랑스러운 일이라고 말한다. 돈키호테는 상대편의 거짓말을 밝히기 위해 신분을 감춘 채 그 기사에게 다가가, 그가 스페인의 편력기사뿐 아니라 온 세상의 기사를 모두 이겼다 해도 아무 말 하지 않겠지만 라만차 지방의 돈키호테를 승복시켰다는 말은 의심스럽다고 능청을 떤다. 그런데도 거울의 기사는 자기가 '슬픈 얼굴의 기사'라고 자칭하는 돈키호테와 싸웠다고 우긴다. 그러자 격분한 돈키호테는 다음 날 날이 밝으면 결투를 하여 패자가 승자의 뜻에 따르기로 약속한다. 드디어 결투가 시작되고 두 기사는 말에 박차를 가해 달려가지만 거울의 기사가 탄 말이 갑자기 움직이지 않자, 이를 본 돈키호테가 그냥 덤벼들어 거울의 기사를 쓰러뜨린다. 투구를 벗겨보니 거울의 기사는 바로 다름 아닌 산손 카라스코였고, 그가 거느린 종자는 산초의 친구인 토메 세시알이었다. 이를 본 돈키호테는 또 마법사가 자신의 분노를 억누르고 공적을 줄이려고 적의 모습을 바꿔놓았다고 투덜거린다. 돈키호테는 거울의 기사에게 둘시네아가 더 아름답고 돈키호테와 싸웠다는 게 거짓이라는 자백을 받은 후 용서한다. 이는 산손 카라스코가 신부와 이발사와 함께 세운 계책의 일부였다. 그들은 돈키호테의 출정을 막을 수가 없어 차라리 그가 떠나도록 내버려둔 다음 결투를 벌여 그를 고향으로 데려갈 작정이었다. 그리고 산손 카라스코는 당연히 자기가 돈키호테를 이길 거라고 자신했다. 한편 돈키호테는 이 사건으로 그리운 둘시네아가 끔찍한 마법에 걸렸다고 더욱 확신하게 된다.

사자와의 모험(17~18장)

돈키호테는 이번 승리로 자신이 가장 용감한 기사라는 걸 새삼 확인한다. 그는 기사도에 투신한 이래로 자기에게 퍼부어진 그 숱한 몽둥이찜질도, 이빨의 절반이 부러져 나간 돌팔매질도, 은혜를 원수로 갚은 갤리선 죄수들의 배은망덕한 행동도, 양구아스인들의 오만도 모두 깨끗이 잊는다. 그리고 둘시네아를 마법에서 풀려나게 할 방법을 찾는다면 가장 행복한 편력기사가 될 거라고 혼자 중얼거리며 흐뭇해한다.

기사와 종자는 사라고사를 향해 가다가 초록색 외투를 입은 신사를 만나 시학에 대한 얘기를 나누며 길을 간다. 그때 멀리서 깃발로 장식한 수레를 본 돈키호테는 또 다른 모험거리가 생겼다고 생각되어 산초에게 투구를 가져오라고 소리친다. 목동들에게 응유(凝乳)를 사고 있던 산초는 주인이 다급하게 부르는 소리를 듣고 엉겁결에 응유를 투구에 집어넣고 달려간다. 투구를 받아 쓴 돈키호테는 얼굴이며 수염에 응유가 흘러내리자 자신의 두개골이 연해져 녹아내렸거나, 머리 꼭대기에서 발끝까지 온통 땀을 흘리고 있다고 생각한다. 나중에 그것이 응유라는 걸 알고 돈키호테가 화를 내자 산초는 그것 또한 마법사의 소행이라며 시치미를 뗀다. 그 일을 처음부터 지켜보고 있던 초록색 외투를 입은 신사는 기가 막혀 할 말을 잃는다.

마침내 마차 앞에 이르러 우리 안에 갇힌 두 마리의 사자를 본 돈키호테는 마법사들이 자기를 굴복시키기 위해 보낸 거라고 주장하면서 우리 문을 열라고 다그친다. 사람들이 모두 극구 말리지만 돈키호테를 설득할 방법이 없다. 이제 돈키호테가 완전히 돌아버린 광인이라는 점에는 더 이상 의심의 여지가 없다. 산초는 울면서 주인이 사자의 발톱에 걸려 틀림없이 죽음을 면치 못할 거라며 안타까워한다. 그러면서도 조금이라도 멀리 수레에서 떨어지기 위해 잿빛 당나귀를 채찍질하는 재촉의 손길을 늦추지 않는다. 돈키호테는 주위 사람들을 모두 물리치고 애마 로시난테에서 내려 사자지기에게 우리 문을 열라고 소리 지른다. 우리 문을 열었는데도 어찌된 일인지 사자는 사방을 휙 둘러보더니 돈키호테는 안중에도 없다는 듯 엉덩이를 돌려 돌아누워 버린다. 그러자 돈키호테는 사자가 겁에 질려 우리 밖으로 나올 용기를 내지 못한다며 의기양양해한다. 그러고는 적당한 때 이름을 바꾸던 편력기사들의 옛 습관을 따라 그 순간부터는 '슬픈 얼굴의 기사' 대신 '사나운 사자의 기사'로 부르기로 한다. 이 모든 과정을 지켜보던 초록색 외투를 입은 돈 디에고 미란다는 돈키호테가 미쳤으면서도 제정신이고, 제정신이면서도 미친 사람이라고 여기며 그를 집으로 초대한다. 돈키호테는 그에게 '초록색 외투의 기사'라는 이름을 붙여준다.

부자 카마초의 결혼식 (19~21장)

나흘 동안 돈 디에고의 집에서 융숭한 대접을 받은 돈키호테는 편력기사가 지나치게 편안한 것은 좋지 않다며 모험을 찾아 떠난다. 하지만 돈 디에고의 집에서 보낸 유복한 생활이 좋아진 산초는 숲과 들판에서 겪게 될 굶주림이 싫어졌다. 얼마 가지 않아 기사와 종자는 길 가던 사람들을 만나 부자인 카마초와 아름다운 키테리아의 결혼식에 참석한다. 산초는 결혼식장에서 앞으로 두고두고 생각날 만큼 배를 채운다. 결혼식에 참석한 사람들은 모두 실연한 바실리오가 그 결혼식에 오지 않을까 하며 궁금해한다. 그는 키테리아와 같은 마을에 살면서 어려서부터 그녀를 열렬히 사랑했지만, 키테리아의 부모님이 재주는 있으나 가난한 바실리오를 따돌리고 부유한 카마초와 딸을 결혼시킨 것이다. 결혼식이 거행되는 도중 바실리오가 식장으로 뛰어들어 자살극을 꾸미고, 바실리오는 마지막 소원이라며 키테리아에게 결혼 서약을 해달라고 청한다. 결혼 서약이 끝나자 바실리오는 그의 자살극이 연극이었음을 밝힌다. 카마초의 결혼식장이 복수의 아수라장으로 변하려는 순간 돈키호테가 나서서 바실리오의 속임수는 좋은 의도로 꾸민 것이니 속임수가 아니라며 하객들을 진정시킨다.

몬테시노스 동굴의 모험 (22~23장)

사흘 동안 바실리오와 키테리아 신혼부부의 집에서 융숭한 대접을 받은 돈키호테와 산초는 기사소설의 애독자인 인문학자의 안내를 받아 몬테시노스 동굴을 탐험하러 나선다. 돈키호테는 밧줄을 허리에 매고 혼자 깊은 동굴로 들어갔다가 실신한 채 끌려나와 산초와 인문학자에게 환상적인 얘기를 들려준다. 돈키호테는 그 동굴에서 수정으로 지어진 궁전과 샤를르마뉴 전설에 나오는 영웅 몬테시노스와 그의 사촌 두란다르테를 만났을 뿐 아니라 마법에 걸린 둘시네아도 보았다고 얘기한다. 돈키호테가 몬테시노스 동굴에 있었던 실재 시간은 한 시간 남짓이었지만 그는 그곳에서 사흘 낮밤을 있었다며 우긴다. 인문학자는 설령 돈키호테가 지어낸 이야기라 할지라도, 그가 그토록 많은 거짓말을 지어내거나 생각할 시간이 없었을 거라 생각하며 의아해한다. 게다가 둘시네아가 마법에 걸렸다는 얘기는 산초가 지어낸 것이라, 산초는 그 이야기를 단순한 허풍으로 생각하지만 돈키호테는 자기 이야기의 진실성에 대해서는 논란의 여지가 없다고 못을 박는다.

몬테시노스 동굴의 모험에 대한 원작자 시데 아메테 베넹헬리의 생각(24장)

원작자 시데 아메테 베넹헬리가 저술한 원작을 번역한 사람은 이 거창한 이야기를 다음과 같이 말하고 있다. 다시 말해 몬테시노스 동굴의 모험을 묘사한 장의 빈 여백에 아메테가 자필로 다음과 같이 기입했다는 것이다.

나는 앞 장에 적힌 사건이 용감한 돈키호테에게 일어났다는 것은 이해할 수도 납득할 수도 없다. 그 이유로는 여태까지 일어난 모든 모험은 그럴듯한 개연성을 지닌 것들이었지만 동굴의 모험은 합리적인 범위에서 너무나 벗어나 이것을 진실이라고 생각할 여지조차 찾을 수 없기 때문이다. 그렇다고 그 당시 가장 성실한 귀족이자 고귀한 기사인 돈키호테가 거짓말을 했다고는 생각지 않는다. 돈키호테는 설령 죽는 한이 있어도 절대 거짓말할 사람이 아니기 때문이다. 한편 그 이야기를 그렇게 짧은 시간에 날조한다는 것도 그로서는 불가능한 일이다. 그런 까닭에 나는 그 이야기의 거짓이나 진실 여부를 뚜렷이 확인하지 못한 채 이야기를 써 내려갔다. 그러므로 현명한 독자여, 그대가 알아서 판단해주기 바란다. 나는 그 이상의 책임도 없고, 책임질 수도 없다.

점쟁이 원숭이와 인형극단 (25~28장)

몬테시노스 동굴을 떠난 돈키호테와 산초는 무인이 문인보다 낫다는 둥, 가난도 어쩌지 못하는 명예를 얻고 싶다는 둥 이야기를 나누며 주막에 도착한다. 그곳에서 당나귀 울음 소리를 흉내 냈다가 두 마을이 싸운 이야기를 듣고 있는데, 때마침 페드로라는 남자가 점쟁이 원숭이와 인형극단을 이끌고 주막으로 들어선다. 원숭이는 누가 뭘 물으면 가만히 질문을 듣고 있다가 주인 어깨에 폴짝 뛰어올라가 주인의 귀에 질문에 대한 대답을 속삭여주는 식으로 2레알씩 받고 점을 봐주었다. 페드로는 돈키호테를 보자마자 무릎을 꿇고, "오래전에 잊힌 편력기사를 부흥시킨 위대한 돈키호테 데 라만차님" 하고 소리를 지르며 산초 판사의 활약도 언급해 주막에 있던 사람들을 모두 놀라게 한다. 돈키호테 일행이 이 신기한 원숭이에게 몬테시노스 동굴 모험의 진위 여부를 묻자 원숭이는 그 일이 일부는 진실일 수도, 일부는 가짜일 수도 있다고 대답한다. 이어 페드로가 상연하는 인형극을 구경하던 돈키호테는 연극을 현실과 착각하여 흥분한 나머지 인형들에게 칼을 휘둘러 모두 부숴버린다. 원숭이마저 놀라 도망치는 바람에 알거지가 되었다고 통곡하는 페드로에게 산초는 돈키호테의 명에 따라 엄청난 금액을 배상한다. 하지만 알고 보니 페드로는 돈키호테의 은혜를 배은망덕으로 갚고 산초에게서 당나귀를 훔쳐 달아난 히네스 데 파사몬테였고, 이번에도 기사와 종자는 보기 좋게 그에게 우롱당한 꼴이 되었다.

마법에 걸린 조각배의 모험 (29장)

당나귀 소리를 잘못 냈다가 마을 사람들에게 큰 봉변을 당한 돈키호테와 산초는 이틀 후 에브로 강에 도착한다. 아름다운 강의 모습에 마음껏 상상의 날개를 펼치던 돈키호테는 노도 없이 나무에 묶여 있는 조각배 한 척을 발견하고는 누군가 곤경에 처해 자기를 부르기 위해 배를 보낸 거라고 상상한다. 기사와 종자는 로시난테와 잿빛 당나귀를 나무에 묶어놓고 조각배를 타고 강으로 들어선다. 얼마 가지 않아 돈키호테는 대양으로 들어섰다며 의기양양해하지만 산초는 벌벌 떨며 마침내 파멸에 이르렀다며 호들갑을 떤다. 돈키호테는 강 건너편에 있는 물레방아를 보고 학대받는 기사나 여왕이 감금되어 있는 요새라고 말한다. 산초가 물레방아라고 정정하지만 돈키호테는 이제까지 그랬던 것처럼 이번 역시 마법사의 조화로 본래의 모습을 바꿔놓은 거라고 말한다. 조각배가 강을 따라 내려와 당장에라도 물레방아의 거센 물결에 휩쓸릴 듯하자, 물레방아에서 일하던 일꾼들이 손에 장대를 들고 조각배를 세우기 위해 부랴부랴 달려 나온다. 그들은 얼굴과 옷에 온통 밀가루를 하얗게 뒤집어쓰고 있어서 언뜻 보기에는 무시무시한 몰골이었다. 일꾼들 덕분에 조각배가 물레방아로 빨려 들어가는 것은 막았지만, 배는 산산조각이 나고 기사와 종자는 물에 빠지게 된다. 잠시 후 배 임자가 달려와 산초는 울며 겨자 먹기로 50레알을 배상한다.

매사냥을 나온 공작 부처와의 만남 (30~33장)

산초는 이번 모험으로 낙심이 이만저만 아니었다. 자기가 지니고 있는 돈에 손을 댄다는 것은 영혼에 손을 대는 것과 다를 바 없는 데다 출셋길도 까마득하게만 느껴졌기 때문이었다. 아둔한 그에게도 주인의 행동은 지나치게 상식에 벗어난 것으로 보이자, 산초는 언젠가 작별인사도 없이 달아나 집으로 돌아가기로 마음먹는다. 그때 푸른 초원 위로 매사냥을 나온 사냥꾼들이 눈에 띈다. 아름다운 공작부인은 이미 『재치 넘치는 시골 귀족 돈키호테 데 라만차』를 읽었기 때문에 단번에 돈키호테와 산초를 알아보고 반긴다. 공작 부처는 장난삼아 그들을 진짜 편력기사와 종자처럼 대하기로 일을 꾸미고, 그런 대우를 받은 돈키호테는 자기가 진짜 편력기사라는 확신을 갖게 된다. 공작부인은 엉뚱한 산초가 재미있어 가까이 대하자, 산초는 자기가 공작부인의 마음에 들었다고 착각하고는 돈 디에고와 바실리오의 집에서 받았던 환대를 공작의 성에서도 한껏 누릴 수 있으리라 기대한다.

공작의 성에 도착한 산초는 자식보다 더 소중히 여기는 잿빛 당나귀를 노시녀 로드리게스에게 맡아달라고 부탁한다. 하지만 그녀는 하인 주제에 건방을 떤다며 그의 부탁을 거절하고, 돈키호테는 그런 산초를 나무란다. 금란(金襴)과 비단으로 장식한 호화로운 방으로 안내된 돈키호테에게 시녀 여섯 명이 달려들어 옷을 벗겨준다. 갑옷을 벗은 비쩍 여윈 돈키호테의 모습을 본 시녀들은 터져 나오려는 웃음을 간신히 참는다. 그 후 식당으로 안내되고 산초도 그 자리에 합석하게 된다. 공작부인은, 격에 맞지 않는 속담을 줄줄 늘어놓으며 장황하게 이야기하는 산초를 보고 역시 웃음을 참지 못한다. 돈키호테는 익살을 떠는 산초가 혹시 실수라도 해서 자신의 얼굴에 먹칠을 하지 않을까 안절부절못한다. 재미있는 대화 끝에 공작은 산초의 평생소원인 섬을 다스리게 해주겠다고 약속한다. 식사를 마친 후 시녀들이 은 대야를 들고 와서 돈키호테의 얼굴에 온통 비누칠을 하며 골탕을 먹이지만 산초는 그런 대우를 받는 주인을 마냥 부러워한다. 돈키호테는 그

런 의식에 놀라 한 마디 말도 못하고 그게 그 지방의 풍습이
려니 여긴다.

그날 오후 산초는 낮잠을 자는 대신 공작부인과 시녀들에
게 둘러싸여 화기애애한 대화를 나눈다. 공작부인은 『돈키호
테』에 대한 몇 가지 의문점을 산초에게 묻는다. 공작부인은 산
초가 둘시네아를 본 적도 없으면서 편지를 전했다고 거짓말을
해서, 어떻게 둘시네아의 고귀한 이름을 더럽히고 훌륭한 종
자로서의 품격을 떨어뜨렸냐고 질문한다. 그러자 산초는 말없
이 벌떡 일어나 커튼을 친 후 둘시네아가 마법에 걸린 것은 자
신의 거짓말이고, 주인이 미쳤다는 걸 알면서도 그런 주인을
버릴 수 없다고 말한다. 그러나 공작부인은 둘시네아는 진짜
마법에 걸린 거라며 산초를 설득한다. 그러자 어수룩한 산초
는 공작부인의 말을 그대로 믿고 몬테시노스 동굴의 모험이
사실일 수도 있다고 생각하게 된다. 공작부인은 산초에게 낮
잠을 자라고 명한 후 공작과 함께 그럴싸한 장난을 꾸민다.

공작 부처의 장난(34~41장)

공작 부처는 돈키호테와 산초의 성품에 어울리는 몇 가지
장난을 꾸미는데, 그중 하나는 몬테시노스 동굴의 모험에서
착안한 거였다. 산초 자신이 속임수를 쓴 장본인임에도 불구
하고 둘시네아가 마법에 걸렸다는 사실을 움직일 수 없는 진

실처럼 믿는 산초의 단순함에 공작 부처는 놀라는 한편으로 재미있어한다. 그래서 그들은 사냥을 핑계로 돈키호테와 산초에게 호화로운 초록색 사냥복을 한 벌씩 하사한다. 돈키호테는 받지 않지만 산초는 나중에 팔려는 속셈으로 무조건 받아둔다. 초록색 사냥복을 입고 사냥에 따라나선 산초는 멧돼지가 무서워 나무에 올라갔다가 나뭇가지가 부러지는 바람에 대롱대롱 가지에 걸리게 되자 돈키호테가 구해준다.

황혼이 조금 지났을 무렵 잔뜩 안개가 낀 숲 여기저기서 난데없이 뿔피리를 비롯한 온갖 군악기 소리가 들리면서 악마가 등장한다. 악마는 몬테시노스의 심부름으로 왔다고 하면서, 돈키호테에게 몬테시노스를 기다렸다가 둘시네아가 마법에서 풀려날 방법을 전해 들으라고 한다. 하지만 정작 등장한 사람은 몬테시노스가 아닌 메를린이었다. 그는 둘시네아의 마법을 풀기 위해서는 산초가 자기 손으로 직접 제 볼기짝을 3300대 때려야 한다고 일러준다. 산초가 그럴 수 없다며 펄쩍 뛰자 공작은 그가 둘시네아의 마법을 푸는 데 협조하지 않으면 영주로 삼을 수 없다고 협박한다. 산초는 진퇴양난에 빠져 결국 그 제안을 수락하고 만다.

그 후 칸다야 왕국에서 찾아왔다는 '비탄의 노시녀' 트리팔디 백작 부인의 간청으로 돈키호테와 산초는 클라빌레뇨란 목마를 타고 하늘로 날아오른다. 마법사가 보낸 목마 클라빌레뇨는 공작의 성 마당에서 한 치도 움직이지 않았지만 주인과 종자는 하늘로 날아올랐다고 착각한다. 공작 부처와 하인들이 장난을 마칠 생각으로 클라빌레뇨의 꼬리에 불을 붙이자, 목마의 배 속에 가득 들어 있던 불꽃놀이용 폭죽들이 터지면서 돈키호테와 산초는 허공으로 치솟았다가 땅바닥으로 곤두박질한다. 그 순간 트리팔디 백작 부인의 일행은 자취를 감추고, 정원에 있던 다른 사람들은 모두 기절한 것처럼 땅바닥에 쓰러진다. 돈키호테와 산초는 처참한 몰골로 일어나 사방을 두리번거리더니 멍하니 입만 벌린다. 임무를 무사히 마쳐 마법사의 마법이 풀렸다는 편지를 읽은 돈키호테는 그 편지가 둘시네아의 마법 해탈도 언급하고 있다는 걸 깨닫고 산초를 다그친다. 산초는 하늘의 양들과 즐거운 시간을 보냈고, 그곳에서 땅을 내려다보니 땅이 겨자씨만 하게 보였다면서 허풍을 늘어놓는다. 그러자 돈키호테는 산초에게 "산초, 네가 하늘 위에서 보았다는 것을 내가 믿어주길 바란다면 내가 몬테시노스 동굴에서 목격한 사실도 네가 믿어주길 바란다."고 속삭인다.

섬나라 영주가 된 산초 판사(42~57장)

돈키호테는 섬나라의 영주로 떠나는 산초가 못 미더워 산초에게 의미 깊은 충고를 한다. 돈키호테는 기사도에 관한 이야기가 나올 때는 이성을 잃지만 그 밖의 변설에서는 정신이 명료하고 해박한 이해력의 소지자였다. 그렇기 때문에 사사건건 그의 행동은 이성을 의심하게 하고, 그의 이성은 행동을 의심하게 했다. 그런데 돈키호테가 산초에게 준 충고는 그가 얼마나 뛰어난 기지와 깊은 사려를 지니고 있는지 극명하게 보여준다. 그러면서도 그의 광기 또한 심하다는 것을 유감없이 보여준다.

바라타리아라는 가공의 섬으로 부임한 산초는 현명하고 공정한 판관으로, 청렴한 관리로서의 모범을 보이며 '위대한 영주 산초 판사의 헌법'까지 공포하기에 이른다. 그러나 공작 부처의 계획에 따라 산초는 진수성찬을 앞에 두고도 배를 주리며, 7일째 되는 날에는 적들의 침략을 받아 판자에 꽁꽁 묶여 흠씬 짓밟힌다. 그 후 산초는 부도 명예도 싫다며 자유롭게 떠돌아다니던 예전의 자신을 그리워한다. 그는 영주 직을 버리고 떠나면서 아무것도 바라지 않고 당나귀 먹이로 보리 조금하고 자기가 먹을 빵 한 덩어리와 치즈만 원한다.

한편 산초가 현명하게 섬나라를 다스리는 동안 돈키호테는 시녀 알티시도라의 집요한 구애에 시달리고, 악마 떼처럼 방 안으로 들이닥친 고양이들이 얼굴에 들러붙는 바람에 돈키호테의 얼굴은 온통 할퀸 자국투성이가 된다. 그러던 어느 날 밤 돈키호테는 노시녀 로드리게스의 방문을 받게 되는데,

그녀는 정절을 잃은 딸의 명예를 회복하고 결혼을 성사시켜 달라는 청을 하러 온 것이었다. 한편 공작부인은 종자 한 명을 산초의 부인인 테레사 판사에게 보내 산초 판사의 편지와 부인 자신의 편지, 그리고 훌륭한 산호 묵주도 선물로 전한다. 이에 테레사 판사는 남편이 영주가 되었다며 온 동네에 자랑하고, 돈키호테의 친구인 신부와 이발사와 산손 카라스코는 영문을 몰라 의아해한다.

돈키호테는 공작의 성에서 보내는 생활이 기사도에서 어긋난다고 생각되어 사라고사로 떠나기 위해 공작 부처의 허락을 구한다. 그런데 어느 날 까만 상복을 입은 노시녀 로드리게스와 그녀의 딸이 나타나 자신의 청을 들어주기 전에는 절대 떠날 수 없다며 돈키호테에게 매달린다. 공작 부처는 이번 일은 자신들의 장난이 아니기 때문에 아연실색한다. 공작 부처는 6일 후 결투를 열어 노시녀 딸의 불명예를 씻어주기로 결정한다. 하지만 노시녀의 딸을 농락한 당사자는 이미 플랑드르로 떠나고 없어 대신에 공작의 하인을 결투장으로 나가게 한다. 하지만 하인은 노시녀의 딸을 보는 순간 결투를 포기하고 그녀에게 청혼한다. 그러자 노시녀 모녀는 속임수라며 흥분하고, 돈키호테는 이번 일에도 역시 마법사가 개입했다고 생각한다. 공작은 하인의 모습이 원래로 돌아올 수도 있으니 2주 동안 감금하라고 명을 내린다. 결국 노시녀 모녀는 원하던 남편감은 아니지만 그래도 결혼의 울타리로 들어갈 수 있어 만족해한다.

산초는 공작의 성으로 돌아오는 길에 순례자 복장으로 길을 가던, 예전에 한동네에서 살았던 모리스코인 리코테를 만난다. 그는 모리스코인 추방령을 받고 금은보화를 비밀 장소에 묻은 뒤 식구들을 데려갈 수 있는 거처를 마련하기 위해 길을 떠났다가, 독일에 거처를 마련하고는 식구들을 데려가기 위해 스페인으로 돌아오는 길이었다. 그는 산초에게 200에스쿠도를 제안하며 자기를 도와달라고 청한다. 그렇지만 산초는 자기는 욕심이 많은 사람이 아니다, 만일 그랬다면 그날 아침 영주 직을 버리지 않았을 거다 하며 그 제안을 거절한 뒤 천신만고 끝에 돈키호테의 곁으로 돌아온다.

사라고사로 발걸음을 재촉하는 돈키호테와 산초 (58장)

사라고사로 향하던 돈키호테와 산초는 숲 속에서 무릉도원인 아르카디아를 차려놓고 양치기 소녀로 변장한 지체 높은 아가씨들을 만난다. 그들의 이상적인 목가 생활에 매료된 돈키호테는 사라고사로 향하는 길 한가운데 이틀 동안 버티고 서서 그들이 둘시네아를 제외하고는 가장 아름다운 여인들이라고 주장할 것을 약속한다. 하지만 운명의 장난인지 말을 탄 사람들의 일행이 모두 한 손에 창을 든 채 그들을 향해 급히 달려온다. 돈키호테와 함께 있던 사람들은 그들의 모습을 보기가 무섭게 얼른 몸을 돌려 길에서 멀리 떨어진 곳으로 달아난다. 오직 돈키호테만이 다부진 용기를 발휘해 약속대로 그 자리를 지키고, 산초는 로시난테의 엉덩이를 방패 삼아 몸을 도사린다. 돈키호테는 비키라는 소몰이꾼들의 고함 소리에 대답할 겨를도 없었고, 비키고 싶어도 비킬 여유도 없었다. 다음 날 투우가 열리는 마을로 가는 황소 떼와 소몰이꾼들은 돈키호테와 산초, 로시난테와 잿빛 당나귀 위를 휩쓸고 지나간다. 그 후 돈키호테와 산초는 가짜 아르카디아인들에게 작별할 새도 없이 굴욕감에 사로잡힌 채 갈 길을 재촉한다.

『돈키호테 데 라만차 2권』(59장)

저녁이 되어 주막에 도착한 돈키호테와 산초는 식탁에서 식사를 한다. 그때 얇은 판자로 칸막이를 한 옆방에서 『돈키호테 데 라만차 2권』의 한 대목을 읽어달라는 소리가 들려온다. 돈키호테는 자기 이름을 듣자 벌떡 일어나 옆방 사람들이 무슨 말을 하는지 귀를 세운다. 그러자 다른 한 사람이 읽을 가치도 없고 『돈키호테』 1권을 읽은 사람도 2권에는 흥미를 느끼지 못할 거라고 말한다. 그러자 상대방은 2권에서는 돈키호테가 둘시네아에 대한 사랑이 식어버린 것으로 묘사되어 재미있다고 얘기한다. 돈키호테는 그 말을 듣고 노여움과 분노를 못 이겨 소리 지르며 옆방으로 건너가, 그들이 읽고 있던 책을 보여달라고 청한다. 돈키호테는 그 책을 들춰보다가 산초 아내의 이름이 테레사 판사가 아닌 구티에레스라고 적힌 것을 보고는 그렇게 중요한 대목에서 오류를 범하는 저자라면 틀림없이 이야기 곳곳에 잘못을 저질렀을 거라고 말한다. 돈키호테는 사라고사로 가서 그 도시에서 해마다 열리는 기마 제전에 참가할 예정이었지만, 2권의 돈키호테가 사라고사의 창던지기 시합에 참가했다는 얘기를 듣고 그 책이 가짜라는 것을 증명하기 위해 방향을 바꿔 바르셀로나로 가겠다고 선언한다.

산적 두목 로케와의 만남(60~61장)

주막을 떠나 바로셀로나로 발걸음을 돌린 기사와 종자는 엿새 동안 별다른 모험을 만나지 못한다. 밤이 되어 코르크참나무 숲에 도착한 돈키호테는 여러 상념들로 밤잠을 이루지 못한다. 때로는 몬테시노스 동굴에 있는 듯 착각이 들기도 하고, 때로는 농촌 아낙네의 모습으로 바뀐 둘시네아의 모습이 어른거리기도 했다. 그래서 돈키호테는 둘시네아의 마법을 푸는 데 늦장을 피우는 산초가 괘씸한 나머지, 자기가 대신 그에게 매질을 하겠다며 달려들어 서로 실랑이를 벌이다가 그 일대에 사람들의 시신이 나무에 주렁주렁 매달려 있는 것을 발견한다. 알고 보니 그곳은 바르셀로나 근교로, 도둑들을 이삼십 명씩 처형하는 곳이었다. 게다가 이튿날 날이 밝자 갑자기 산적들이 달려들어 그들의 짐을 모두 빼앗아간다. 산적 두목인 로케 기나르트는 원래 동정심이 많고 착한 사람이었으나 억울한 일을 당한 뒤부터 복수심에 불타 산적으로 살아가지만 불쌍한 자들을 돕는 의로운 도둑이었다. 로케 역시 돈키호테의 소식을 듣기는 했지만 사실무근이라고 여기다가 자기 눈으로 직접 확인한 것이 기뻐 융숭하게 대접한다.

바르셀로나 입성(62~63장)

돈키호테와 산초는 로케와 사흘을 보낸 후 바르셀로나에 도착, 로케의 소개로 알게 된 돈 안토니오 모레노의 집에 머문다. 돈 안토니오는 부자인 데다 사려도 깊고 장난기 또한 많았다. 그는 돈키호테의 광기를 사람들에게 보이고 싶어, 산초는 집 밖에 나가지 못하게 해놓고 돈키호테 혼자 잘 훈련된 큼직한 당나귀에 태워 시내로 내보낸다. 하지만 그 전에 '이 사람이 돈키호테 데 라만차'라고 적힌 종이 한 장을 돈키호테의 등에 살짝 붙여놓는다. 산책을 나서자마자 그를 보기 위해 몰려든 사람들이 한결같이 "이 사람이 돈키호테 데 라만차"라고 얘기하자, 돈키호테는 자신이 편력기사로 모두에게 인정받았다며 우쭐해한다.

돈 안토니오는 또 다른 장난이 치고 싶어 자기 집에 말하는 흉상이 있다며 한 번 시험해보자고 한다. 다음 날 돈 안토니오, 기사와 종자, 그리고 몇몇 사람들이 모인 가운데 돈키호테의 몬테시노스 동굴 모험의 진위 여부를 묻는다. 흉상은 그 모험에 진실과 꿈이 모두 들어 있다고 대답한다. 실은 흉상의 받침대 속에 사람이 숨어 있다가 말한 것으로, 그것 역시 속임수였다.

돈키호테와 산초는 산책을 나섰다가 인쇄소에 들르게 된다. 돈키호테는 여태까지 한 번도 인쇄소를 본 적이 없어 매우 반가워한다. 그는 그곳에서 여러 서적을 접하게 되고, 토르데시야스에 사는 아무개라는 사람이 쓴 『재치 넘치는 시골 귀족 돈키호테 데 라만차』 2권을 보고 불쾌한 표정을 지으며 인쇄소를 나온다. 그 후 돈키호테와 산초는 갤리선을 구경 갔다가 투르크인들의 공격을 받게 된다. 하지만 곧 투르크인들은 진압되고 그들의 선장이 끌려오는데, 선장은 남장한 여자로서 산초와 한마을에 살았던 리코테의 딸이었다. 때마침 돈키호테 일행은 우연히 바르셀로나의 제독과 함께 있던 리코테와 딸의 눈물겨운 해후를 목격하게 된다.

백월의 기사(64~65장)

어느 날 아침 돈키호테는 갑옷을 입고 바닷가에 산책을 나갔다가 머리 꼭대기에서 발끝까지 완전 무장을 하고 눈부신 달이 그려진 방패를 들고 있는 기사를 만나게 된다. 그는 백월(白月)의 기사로, 자기가 모시는 공주가 둘시네아보다 아름답다는 것을 확인하고자 돈키호테에게 결투를 청하러 왔다고 말한다. 그는 만일 돈키호테가 그 결투에서 지게 되면 돈키호테는 무기를 버리고 더 이상 모험을 하지 않고 고향으로 돌아가 일 년 동안 칩거 생활을 해야 한다는 조건을 내건다. '사자의 기사'는 이같이 교만하고 일방적인 도전에 기꺼이 응해 결투를 벌인다. 마침내 두 기사는 지방관의 입회하에 맞붙지만 늙고 앙상한 로시난테를 타고 덤비는, 지치고 기운 없는 '사자의 기사'는 단판에 무너진다. 백월의 기사는 약속한 조건을 지키라는 말만 남기고 사라진다. 지방관이 그의 정체가 궁금해 사람을 보내 알아보니 '백월의 기사'는 바로 다름 아닌 산손 카라스코였다.

귀향길의 돈키호테와 산초 (66~73장)

돈키호테와 산초는 패배의 쓰라림을 안고 고향으로 돌아가기 전에 돈키호테가 낙마한 장소를 돌아보며 한탄한다. 이제 돈키호테는 힘든 편력기사 생활을 접고 한적한 전원생활 쪽으로 마음이 기운다. 얼마 전 아르카디아를 부활시키고자 양치기 소녀로 분장한 아가씨들을 만난 장소에 이르자 돈키호테는 양 몇 마리를 구해 자기는 목동 키호티스라고 부르고 산초는 목동 판시노라고 부르며 살자고 제안한다.

해가 질 무렵 그들은 창과 방패를 들고 전장에 나가는 듯한 복장을 한 사람들 열댓 명에게 끌려간다. 기이한 침묵 속에서 거의 새벽 1시가 다 되어 도착한 곳은 얼마 전까지 그들이 묵었던 공작의 성이었다. 안마당에 들어가 보니 중앙에는 높다란 제단이 있고 그 위에는 알티시도라의 시신이 놓여 있었다. 하지만 그녀는 죽은 것이 아니라 '명성'의 말 속에서 살아 있는데, 산초의 고행 정도에 따라 그녀가 소생할 수 있다고 했다. 하녀들이 모두 산초에게 달려들어 뺨을 24번 후려치고, 12번 꼬집고, 팔과 허벅지를 6번 바늘로 찌르면 알티시도라가 살아난다는 것이었다. 이는 산손 카라스코에게서 돈키호테의 패전 소식을 전해들은 공작 부처의 마지막 장난이었다.

긴 여로에 지친 돈키호테와 산초는 주막에 들렀다가 돈 알바로를 만난다. 그는 아베야네다가 쓴 위작 『돈키호테』 2권에 등장한 인물로, 가짜 돈키호테를 사라고사의 기마 제전에 참가하도록 권한 장본인이었다. 돈 알바로는 자신이 그 기사에게 친절을 베풀고 곤경에서 구해주었다고 말한다. 돈키호테가 그 기사와 자기가 닮았는지 묻자 돈 알바로는 전혀 닮은 데가 없다고 한다. 그리고 산초 역시 가짜 산초는 말을 잘하기보다는 밥을 많이 먹는 식충이고 어리석다고 말하고, 자기가 가짜 돈키호테를 톨레도의 엘눈시오 정신병원에 입원시켰다고 말한다. 돈키호테는 돈 알바로에게 자기가 진짜임을 입증해달라며 그 마을의 촌장 앞에서 공증까지 한다.

밤이 되어 돈키호테와 산초는 산초가 약속한 매질을 할 수 있도록 숲 속에서 밤을 보낸다. 산초는 자기 볼기짝 대신 나무들을 열심히 두들겨 약속한 3300대에서 조금 모자라는 3029대까지 채운다. 다음 날 산초는 나머지 매를 마저 채우고 여행을 계속한다. 돈키호테는 산초가 의무를 다한 것에 매우 만족해한다. 그는 이제 마법이 풀린 둘시네아 공주와 길에서 마주칠지도 모른다고 기대하지만 둘시네아 델 토보소라고 생각될 만한 여자는 단 한 명도 만나지 못한다. 그들은 마침내 언덕길에 올라 그들의 고향 마을을 내려다본다. 산초는 무릎을 꿇고 앉아 돈키호테가 다른 사람에게 패하기는 했지만 자기 자신을 이기고 돌아왔으며, 그것은 사람이 바랄 수 있는 가장 큰 승리라고 소리 지른다. 그러자 돈키호테는 그런 산초를 나무라며 마을에 도착하는 대로 목가 생활을 계획하자고 말한다.

돈키호테의 죽음(74장)

돈키호테는 패배의 고배를 마신 것에서 유래한 우울증 때문인지 지독한 열병에 걸려 엿새 동안 자리에서 일어나지 못한다. 그 엿새 동안 신부와 석사, 이발사가 찾아오고, 그의 선

량한 종자 산초 판사는 주인의 머리맡을 떠나지 않는다. 친구들은 돈키호테에게 얼른 털고 일어나 목가 생활을 하자며 기운을 북돋우지만 돈키호테의 우울한 기분은 좀처럼 밝아지지 않는다. 돈키호테는 죽음이 임박했다는 의사의 말을 듣고 기나긴 잠을 청했다가 일어나 유언한다. 죽기 전에 그는 돈키호테가 아닌 알론소 키하노로 돌아온다. 이제 온전한 정신으로 돌아온 돈키호테는 산초에게 편력기사가 있다고 믿게 한 자신을 용서해달라고 한다. 산초는 울면서 이승에서 인간이 저지르는 가장 미친 짓은 돈키호테처럼 죽지도 않았는데 죽어버리는 것, 즉 서글픔 속에서 생을 마치는 거라고 말한다.

돈키호테의 영혼이 떠나고 난 후 신부는 공중인에게 돈키호테 데 라만차라고 불리던 착한 사람 알론소 키하노가 이 세상을 떠나 생을 마친 것에 증인이 되어달라고 청한다. 이런 증언을 부탁하는 것은 시데 아메테 베넹헬리 이외의 다른 작가가 무례하게 돈키호테를 다시 소생시켜 그의 공훈에 관한 이야기를 쓰는 기회를 애초부터 근절하기 위해서였다. 라만차의 재치 넘치는 시골 귀족은 이와 같이 임종을 맞이했지만, 시데 아메테는 뚜렷하게 그 마을을 명시하지 않았다. 호메로스 때문에 그리스의 일곱 도시가 싸운 것처럼, 돈키호테를 자기 고장 사람으로 만들고 싶어 하는 라만차의 모든 도시와 촌락들이 서로 싸우는 걸 원치 않았기 때문이다.

3 관련서 및 연보

Bibliography & Chronology

세르반테스는 소년기의 떠돌이 유랑생활에서

바티칸에서의 비서생활, 레판토 해전 참전, 외팔이 신세,

잡힌 후의 포로 생활, 그리고 옥중에서

『돈키호테』를 쓰기까지 파란만장한 삶을 살았다.

세르반테스의 작품으로는 『돈키호테』를 비롯하여

『라 갈라데아』,『모범소설』『누만시아』

『사기꾼 페드로』『8편의 희극과 8편의 간막극들』

『페르실레스와 시히스문다의 모험』 등이 있다.

『돈키호테』 관련서

세르반테스의 작품들

「돈키호테」 (박철 옮김, 시공사, 2004)

출간 400주년을 맞아 기존의 국내 출간본의 오류와 허점을 바로 잡은 번역본이다. 중세 스페인어를 현대어로 바르게 옮긴 것으로 정평이 나 있는 스페인의 비센테 가오스 교수의 『돈키호테』를 택하여 우리말로 옮겼다.

「돈키호테의 지혜」 (신정환 편역, 오늘의책, 1998)

세르반테스의 여러 작품 중에서 주옥같은 아포리즘(격언)을 발췌하여 한 권의 책으로 엮은 것이다. 아포리즘은 매우 간결한 표현으로 어떤 진실을 총체적으로 드러낼 수 있는 문구로 정의할 수 있는데, 세르반테스의 작품은 이러한 아포리즘으로 가득 차 있다고 할 수 있다. 세르반테스의 아포리즘은 평생을 정직하고 고지식하게 살면서 삶의 온갖 신고(辛苦)를 골고루 경험한 작가의 체험에서 우러나온 것이기에 시대를 뛰어넘어 읽는 이의 공감을 불러일으킨다.

『사랑의 모험』 (조구호·임효상 옮김, 바다출판사, 2000)

세르반테스의 마지막 작품으로, 원제는 『페르실레스와 시히스문다의 모험』이다. 이 작품은 출판된 해에 10여 차례 인쇄되어 『돈키호테』의 판매 부수를 상회하였다. 프랑스·영국·이탈리아 등지에서 번역판이 나왔으며 연극으로 상연되기도 했다. 비잔틴 소설(모험소설)의 요소를 지닌 작품으로, 페르실레스 왕자와 시히스문다 공주의 순례를 장대하게 펼쳐 보인 작품이다.

『모범소설』 (박철 옮김, 오늘의책, 2003)

세르반테스의 작품들 중 『돈키호테』 못지않게 의미 있는 작품이지만 『돈키호테』의 명성에 가려 빛을 보지 못한 작품이다. 이 책은 스페인 근대소설의 효시로서 이탈리아풍의 이상주의적·목가적 분위기에서 벗어나 사실주의 소설로의 전환이 이루어지고 있음을 보여준다. 유쾌하고 능란한 필치와 삶의 정곡을 찌르는 작가의 통찰력이 빛을 발하는, 모두 12작품으로 이루어진 책이다. 각 작품의 줄거리를 살펴보도록 하겠다.

「질투심 많은 늙은이」

원제는 「질투심 많은 엑스트라마두라스인」이다. 사랑을 소재로 한 9편의 『모범소설』 가운데 유일하게 비극적 결말로 끝나는 작품이다. 68세 된 늙은 영감 카리살레스는 신대륙에서 많은 돈을 벌어 와서 13세의 어린 소녀 레오노라를 신부로 맞아들인다. 그는 질투심 때문에 자신의 집을 요새처럼 만들어 어느 누구도 신부에게 접근하지 못하도록 한다. 그러나 로아이사라는 청년이 카리살레스의 집과 그의 아름다운 부인에게 호기심을 가지면서 갈등과 혼란이 빚어진다. 청년은 교묘히 하녀들을 유혹하여 철통같은 집의 내실에까지 침투하여 레오노라를 만난다. 우연히 이를 목격한 노인은 질투심에 불타 병들게 되지만 죽음 직전 심경의 변화를 일으켜 둘이 결혼하라는 유언과 함께 유산을 남긴다. 하지만 청년은 신대륙으로 떠나고 레오노라는 수녀원으로 들어가면서 비극적 결말을 맞게 된다.

「피의 힘」

세르반테스의 작품들 중에서 가장 직접적으로 성적인 부분을 드러낸 작품으로, 분위기나 풍습 묘사가 아닌 사건 전개 위주로 구성되어 있다. 건달패 무리에게 납치당한 레오카디아는 로돌포라는 청년에게 순결을 빼앗긴 후 그의 아들을 낳는다. 어느덧 7년이라는 세월이 흐르고 아들 루이스가 사고로 쓰러지자, 한 노신사가 자신의 아들이 생각나 재빨리 구해준다. 이 사건으로 루이스가 노신사의 손자임이 밝혀지고 모든 정황을 알게 된 로돌포의 부모님은 레오카디아와 로돌포를 맺어준다.

「유리석사」
죽음의 문턱으로 이끈다는 사랑의 묘약을 마시고 미쳐버린 한 지식인에 관한 이야기이다. 이 소설은 대부분이 스토리 전개를 위한 서술이 아니라, 도시 생활에 대한 전반적인 비판과 유리석사와 그를 쫓아다니는 사람들의 일문일답 형식의 대화로 이루어져 있다.

「집시 여인」
모범소설 12편 중 첫 번째 작품으로, 스페인 문학작품 중에서 집시들의 풍습과 생활을 가장 자세하게 묘사한 것으로 손꼽힌다. 집시 여인 프레시오사와 귀족 청년 후안의 사랑을 그렸다. 후안은 안드레스라는 이름으로 2년간 집시 생활을 하면서 프레시오사와의 사랑을 키워나가다가 누명을 쓰고 도둑으로 몰려 살인까지 저지르게 된다. 그러나 안드레스가 사형에 처해

질 위기에 극적으로 두 남녀의 신분이 집시가 아닌 귀족의 자녀로 밝혀져 결혼하면서 행복한 결말을 맺는다.

「사기 결혼」「개들이 본 세상」

『모범소설』의 마지막을 장식하는 작품이자 가장 중요한 소설이다. 두 작품으로 나뉘어 있지만 원래는 「사기 결혼」 안에 「개들이 본 세상」이 있는 액자 형식의 작품이라 할 수 있다. 두 이야기는 모두 '속임수'와 '환멸'이라는 피카레스크 소설의 주제를 담고 있다. 꽃뱀인 에스테파니아를 만나 사기결혼을 당한 캄푸사노는 재산을 몽땅 털리고 성병까지 얻어 허약한 몰골로 병원에서 나오다가 친구인 페랄타 석사를 만나 얘기하는 것이 이 두 작품의 서사 공간인 「사기 결혼」이다.

「개들의 대화」는 「사기 결혼」의 내면 공간으로 등장한다. 캄푸사노가 병원에 입원해 있으면서 겪었던 믿기 어려운 진귀한 경험을 글로 써 페랄타 석사에게 읽어보라고 권한 부분이 바로 「개들의 대화」이며, 이 부분은 페랄타 석사가 책을 읽는 독서 과정이자 캄푸사노가 잠을 자는 동안이기도 하다. 그리고 캄푸사노가 몹쓸 병에 걸려 열에 들떠 비몽사몽 중에 개 두 마리가 대화하는 것을 목격한 것이기 때문에 그 이야기를 하는 본인도 이야기의 신빙성을 믿지 못한다. 꿈과 같은 무의식의 세계를 소설로 끌어들인 작품으로 평가받고 있다.

「세비야의 건달들」

원제는 「린코네테와 코르타디요」이다. 두 악동들이 세비야에서 벌이는 모험을 주제로 하고 있다. 이 작품에서 세르반테스는 신대륙의 발견으로 당시 스페인 최고의 대도시가 된 세비야의 치안 부재 상황을 날카롭게 풍자했다. 그중에서도 범죄조직의 우두머리인 모니포디오의 소굴을 사실적으로 묘사해 당시 스페인 사회를 다소 만화경적으로 묘사했다.

「영국에서 돌아온 여인」

원제는 「영국인이 된 스페인 처녀」이다. 스페인 무적함대가 영국에 대패한 1588년을 배경으로 하고 있다. 이 작품에서는 외적인 미모를 초월한 내적인 아름다움과 정신적인 사랑의 승리를 찬양하고 있다. 눈부시게 아름답던 이사벨라는 계략으로 미모를 잃게 되지만 그녀의 연인 리카레도는 숭고한 영혼을 지닌 이사벨라를 끝까지 버리지 않고 사랑을 지킨다. 작품 후반에 이사벨라는 미모를 회복하고 세비야의 수도원에서 리카레도와 극적으로 만나 행복한 결말을 맞게 된다.

「말괄량이 아가씨」

원제는 「코르넬리아 아가씨」이다. 사랑과 명예의 갈등을 그린 작품으로 이탈리아를 배경으로 하고 있다. 『모범소설』 12편

중에서 스페인을 배경으로 하지 않은 유일한 작품이다. 이야기는 코리넬리아 아가씨의 하녀가 실수로 갓난아이를 스페인 명문 귀족 돈 후안에게 전해주면서 시작된다. 돈 후안은 아이를 집에 데려다 놓고 다시 거리로 나섰다가 우연히 페라라 공작을 구해준다. 그리고 돈 후안의 친구인 돈 안토니오는 도움을 청하는 낯선 귀부인을 만나 집으로 데려오는데, 그녀가 돈 후안이 데려온 갓난아이의 어머니이고 아기는 페라라 공작과의 사이에서 낳은 자식이라는 것이 밝혀진다. 우여곡절 끝에 돈 후안의 중재로 코르넬리아 아가씨와 페라라 공작은 행복한 결말을 맞이한다.

「고상한 하녀」

악자(惡子) 생활을 경험하기 위해 참치 어장으로 가던 철없는 귀족 청년 아벤다뇨와 카리아소는 톨레도의 한 여관에 도착한다. 그곳에서 아벤다뇨는 아름다운 하녀 콘스탄사의 미모에 끌려 사랑에 빠지게 되고, 콘스탄사가 냉정하게 대할수록 그의 사랑은 깊어진다. 여관 주인의 이야기를 통해 콘스탄사가 귀족 가문 출신이라는 사실이 밝혀진다. 나중에는 카리아소의 이복동생이라는 사실까지 밝혀져 아벤다뇨와 콘스탄사는 행복한 결말을 맞이한다.

「남장을 한 두 명의 처녀」

한 남자에게 동시에 버림받은 두 처녀가 사랑을 되찾기 위해 남장을 하고 모험을 떠나는 이야기이다. 수동적이고 숙명적인 다른 작품의 여주인공들과는 달리 이 작품의 여주인공들은 숙명론을 거부하고 자유의지에 따라 자신의 운명을 헤쳐 나가는 능동적인 모습을 보여준다. 테오도시아와 레오카디아는 자신들을 농락하고 사라진 안토니오를 찾아 각기 남장을 하고 길을 나선다. 우연히 객줏집에서 오빠 라파엘을 만나 사연을 털어놓은 테오도시아는 오빠에게 용서를 빌고 함께 길을 떠나 레오카디아를 만난다. 두 여인이 함께 안토니오를 만나게 되지만 안토니오는 자신이 진정으로 사랑한 여자는 테오도시아라고 밝힌다. 그러자 레오카디아는 슬픔에 잠겨 어디론가 사라지려는데, 그때 라파엘이 그녀에게 사랑을 고백해 청혼하면서 모두 행복한 결말을 맞이한다.

「관대한 여인」

『모범소설』 중 이 작품에서 세르반테스의 전기적 배경이 가장 많이 드러난다. 세르반테스가 직접 참전해 부상을 입은 레판토 해전과 5년 넘게 포로로 억류되었던 알제리에서의 생활이 많은 부분 반영되었다. 이 작품 역시 남녀 간의 사랑을 주제로 삼고 있지만 여기서는 여성의 보다 적극적이고 자유로운 의지에 의해 사랑이 이루어진다는 점이 더욱 강조되고 있다. 가난한 리카르도는 빼어난 미모를 지닌 레오니사를 사랑하지만 그녀는 돈 많은 코르넬리오를 선택한다. 하지만 투르크 해적들의 침입으로 레오니사는 리카르도와 함께 포로로 붙잡혀 험난한 여정이 시작된다. 리카르도는 포로로 있으면서도 모든 희생을 감수하고 레오니사의 안전만을 배려해 마침내 그녀의 마음을 얻어낸다. 리카르도가 온갖 고생 끝에 연적 코르넬리오를 물리치고 레오니사의 사랑을 얻는 과정에서 작가는 소유가 아닌 베푸는 사랑의 참모습을 보여준다.

『누만시아 · 사기꾼 페드로』(김선욱 옮김, 책세상, 2004)

『누만시아』와 『사기꾼 페드로』는 각기 세르반테스 문학 세계의 전기와 후기를 대표하는 극작품이다. 『누만시아』는 로마군의 침입에 맞서 끝까지 저항한 누만시아(지금의 스페인) 민중의 영웅적 최후를 그린 작품으로, 비극적 상황에 처한 인간 본연의 생생하고 진실한 감정을 구현한다. 이 작품의 독특한 점은 스페인, 두에로 강, 전쟁, 굶주림 등 의인화된 캐릭터가 등장한다는 점이다. 이는 비정한 운명과 인간의 나약함의 대조를 강조하기 위한 구조로 이용된다.

『사기꾼 페드로』는 최초의 피카레스크 희곡이라 할 수 있다. 주인공 페드로는 사기꾼이지만 절망적인 상황에서도 낙심하지 않고 항상 새로움을 찾아 나서는 낙천적 인물이다. 당시의 풍속과 전통, 미신과 속담 등의 묘사 외에 집시들의 노래와 무용을 삽입해 뛰어난 연극적 효과와 볼거리를 제공한다.

기타 참고도서

『서반아문학사』 (박철 편저, 송산출판사, 1992)

스페인 문학사를 중세문학에서 현대문학에 이르기까지 작품 중심으로 비교적 상세히 소개했다. 방대한 양의 문학사로서 모두 3권으로 되어 있다.

『호메로스에서 돈키호테까지』 (윌리엄 레너드 랭어, 박상익 옮김, 푸른역사, 2001)

윌리엄 L. 랭어가 편집한 『Perspectives in Western Civilization』(전 2권)의 제1권을 완역한 책이다. M.I.핀리, M.비숍, 브로노프스키 등 유명 역사가들이 서양사의 중요 흐름들을 대중적 필치로 써 내려간 17편의 역사 에세이를 모아 엮었다. 저자들은 '서양사 깊이 읽기'에 목적을 두고 과거 사건들 중 중요한 것을 택해 이를 새로운 시각에서 풀어낸다. 이 책에서 저자들은 호메로스, 소크라테스, 알렉산드로스, 바울, 샤를마뉴, 엘리케, 에라스무스, 돈키호테 등을 통해 고대 그리스부터 16세기 스페인까지 각 시대의 중요한 특징과 흐름들을 구체적으로 설명하고 있다.

『세르반테스 이야기』 (라파엘로 부조니, 송재원 옮김, 풀빛, 1999)

소설의 주인공인 돈키호테 못지않게 흥미로운 세르반테스의 삶을 다룬 책이다. 소년기의 떠돌이 유랑 생활에서 바티칸에서의 비서 생활, 레판토 해전 참전, 외팔이 신세, 해적들에게 잡힌 후의 포로 생활, 그리고 옥중에서 『돈키호테』를 쓰기까지 파란만장한 그의 삶을 흥미롭게 담고 있다.

『스페인 제국사 1469-1716』 (존 H. 엘리엇, 김원중 옮김, 까치, 2000)

15세기 카스티야와 아라곤 연합왕국의 합병으로부터 18세기 부르봉 왕조의 등장에 이르기까지 스페인 제국의 융성과 몰락 과정을 자세히 살핀 대표적인 스페인 근대사 개설서이다. 15세기 이후 유럽의 중심으로 떠오른 스페인 제국의 흥망을 사회경제사 중심으로 자세히 기술하며 보다 넓은 유럽적 혹은 대서양적 맥락 속에서 스페인의 의미와 가치를 설명했다.

『히스패닉 세계: 스페인과 라틴아메리카의 역사와 문화』 (존 H. 엘리엇, 김원중 외 옮김, 새물결, 2004)

아메리카 대륙 '발견' 500주년을 기념하여 스페인 국내외 학자들이 스페인과 라틴아메리카의 역사와 문화를 종합적으로 이해하고 새롭게 '발견' 하기 위해 기획한 책이다. 스페인사에서 권위를 자랑하는 존 H. 엘리엇 옥스퍼드대 교수가 대표 편자로, 스페인 역사의 어두운 시기를 간과하지 않으면서 히스패닉계와 비히스패닉계 독자 모두를 위해 스페인 사람들이 창조해낸 역사의 진면목을 보여준다. 히스패닉 세계의 본모습을 이해하는 핵심적인 열쇠로 '다양성과 통일성의 조화'를 통한 창조력이 제시되었다. 1부는 역사를 통해 여러 '국가'로 이루어진 스페인과 히스패닉 세계를 설명하며, 2부는 그러한 특성이 낳은 종교와 미술 등의 문화유산에 대해 이야기한다. 3부는 스페인의 각 지방과 주민들의 특성, 그들이 스페인 전체에 공헌한 점을 기술하고 있다.

『거울에 비친 유럽』(폰타나 조셉, 김원중 옮김, 새물결, 2000)

이 책은 유럽 5개 언어권을 대표하는 5대 명문 출판사(프랑스의 쇠유, 이탈리아의 라테르차, 독일의 C.H. 벡, 영국의 블랙웰, 스페인의 크리티카) 공동 기획으로 시작한 '유럽을 만들자' 총서 제1권으로 출간된 것으로, 지금까지의 유럽 중심적 세계사 해석에 근본적인 의문을 던지는 역작이다. 최근에 나타나고 있는 수정주의적 경향의 역사관을 대표하는 저작이기도 하다.

미겔 데 세르반테스 사아베드라 연보

1547년

9월 29일 스페인 마드리드 근교 알칼라 데 에나레스에서 가난한 외과 의사인 아버지 로드리고 데 세르반테스와 어머니 레오노르 데 코르티나스 사이에서 일곱 자녀 중 넷째 아들로 탄생한다.

1551년

바야돌리드로 이주한다.

1564년

세비야로 이주한다. 같은 해 세익스피어가 탄생한다.

1566년

마드리드로 이주한다.

1568년

마드리드 학교에서 수학한다. 그의 학력에 대해서는 거의 알려진 바가 없지만 세비야의 예수회가 설립한 대학이나 살라망카 대학을 다녔으리라 추측된다. 1568년부터는 비교적 그에 대한 기록이 상세히 남아 있다. 에라스무스 사상의 추종자인 후안 로페스 데 오요스가 교장으로 있던 마드리드의 인문학교에 다닌 것으로 추정된다. 1568년 10월 이사벨 1세가 서거하자 이 학교에서 여왕의 죽음을 애도하는 책이 출판되는데, 그 속에 세르반테스의 시 몇 편이 실려 있는 것으로 알려졌다.

1569년

견문을 넓히기 위해 아콰비바 추기경을 따라 이탈리아로 건너간다.

1570년

이탈리아에 주둔 중인 스페인 보병대에 입대한다. 군대 시절 로마·나폴리·밀라노·피렌체 등 이탈리아 각지를 돌아다니면서 고전과 르네상스 문학에 깊은 관심을 가진다.

1571년

10월 7일 교황청과 베네치아 공화국, 스페인 연합 함대는 레판토 해전에서 무적을 자랑하던 투르크 함대를 격퇴한다. 이 해전에 참전한 세르반테스는 가슴과 왼팔에 부상을 입고 평생 왼팔을 못 쓰게 되어 '레판토의 외팔이' 라는 별명을 얻게 된다.

세르반테스는 『돈키호테』를 집필한 오른팔의 영광을 드높이기 위해 왼팔을 희생했다고 자랑스럽게 말했다고 한다.

1572년

로페 데 피게로아 장군의 휘하에 들어가 훌륭한 군인이라는 명성을 얻는다. 코르푸·필로스·튀니지 등의 전투에 참전해 승진 기회를 엿보지만 상관에게 아부하는 사람이라는 오명을 얻게 된다.

1575년

시칠리아 총독 돈 후안 데 아우스트리아의 추천장을 갖고 스페인 왕에게 대위 승진을 청원하기 위해 나폴리를 출발하지만 마르세유 해안에서 형제 로드리고와 함께 알제리 해적들에게 잡혀 아프리카로 간 후 고달픈 포로 생활을 시작한다.

1576~1579년

매년 한 차례씩 4년에 걸쳐 네 번 탈출을 시도한다. 형제 로드리고는 1577년에 석방된다.

1580년

네 번의 탈출 기도로 목숨이 위기에 처하자 스페인의 삼위일체 수도회의 신부들이 몸값을 치러줘 마드리드로 귀환한다.

1581년

군에 복귀해 아프리카 오랑에서 특별임무를 수행한 뒤, 포르투갈 리스본에 잠시 거주한다.

1582년

마드리드에 정착하여 첫 번째 극작품 『알제리 조약』을 집필한다.

1583년

희극배우였던 젊은 미망인 아나 데 비야프란카와 사랑에 빠져 유일한 혈육인 딸 이사벨 데 사아베드라가 태어난다. 극작품 『누만시아』를 집필한다.

1584년

12월 12일 비야프란카와 헤어진 후 세르반테스는 톨레도 지방으로 여행을 갔다가 그의 나이 37살에 19살의 카탈리나 데 살라사르 이 팔라시오와 결혼한다.

1585년

목가소설 『라 갈라테아』를 출간한다. 2년간 마드리드를 왕래하면서 30여 편의 희곡 작품을 집필한다. 그러나 오늘날 남아 있는 작품은 『알제리 조약』과 『누만시아』뿐이다. 아버지 로드리고 데 세르반테스가 타계하면서 가족을 부양하게 된다.

1587~1594년

세비야에 거주하면서 당시 최강을 자랑하던 스페인 무적함대의 식량 보급소에서 밀 보급 담당관으로 일한다.

1588년

무적함대에 식량 조달인으로 안달루시아 지방을 널리 돌아다닌다. 2월 밀보리 구입 건으로 교회와 싸워 파문된다. 무적함대가 괴멸된다.

1590년

5월 21일 국왕에게 신대륙의 과테말라 행정관으로 보내달라고 청원하지만 거절당한다.

1592년

불분명한 이유로 안달루시아 지방의 감옥에 투옥된다.

1593년

세비야 인근에서 세금 징수원으로 근무한다. 어머니 레오노르가 타계한다.

1597년

세금 징수원 시절 발생된 회계 문제로 세비야 감옥에서 3개월간 투옥된다.

1598년

세비야에 거주하면서 펠리페 2세의 죽음에 바치는 소네트를 집필한다. 아나 데 비야프랑카가 사망한다.

1602년

이유는 알려지지 않았지만 세비야에서 다시 투옥되고 혐의가 풀려 곧 석방되지만 인생관에 큰 변화를 겪게 된다. 조국을 위해 싸우다가 한쪽 팔까지 잃었는데도 아무런 보상도 받지 못하자 사회의 모순과 불의를 실감하게 된다. 사회악과 부패한 사회 현실을 냉철하게 풍자한 불후의 명작 『돈키호테』를 구상한다.

1604년

세비야에서 주로 생활하면서 『재치 있는 시골 귀족 돈키호테 데 라만차』 1편을 탈고한다. 『모범소설』 및 극작품과 막간극을 집필한 것으로 추정된다. 연말에 바야돌리드로 이주한다.

1605년

2월 마드리드에서 『돈키호테』 1편이 출간되어 크게 성공을 거둔다. 같은 해 『돈키호테』는 6판까지 출간되지만 이미 생활고 때문에 작품의 판권을 출판사에 양도한 뒤여서 경제적 이익은 얻지 못한다.

1608년

마드리드로 이주해 왕성한 집필 활동을 펼친다.

1609년

후원자 레모스 백작이 나폴리 부왕으로 임명되어 함께 이탈리아로 가기를 희망했지만 인선에서 탈락된 후 마드리드에서 성체 교단에 입회한다.

1611년

『돈키호테』를 유럽에 전파하기 시작한다.

1613년

알칼라 데 에나레스에 거주하면서 12편의 단편소설이 수록된 『모범소설』을 출판한다. 테르세라 교단에서 신부 수업을 한다.

1614년

시집 『파르나소 여행』을 출간한다. 아베야네다라는 가명의 작가가 집필한 『돈키호테』 2편 위작이 등장한다.

1615년

『돈키호테』 2편과 『8편의 희극과 8편의 간막극들』이 출간된다.

1616년

4월 2일 병환으로 쓰러져 4월 23일 운명한다. 매장 확인서에 따르면 그의 유해는 다음 날 카예데칸타라나스에 있는 맨발의 삼위일체회 수도원에 매장된다. 그러나 무덤의 위치는 정확히 표시되어 있지 않고 유언장도 남기지 않은 것으로 알려져 있다. 같은 날 셰익스피어도 타계한다.

1617년

유작 『페르실레스와 시히스문다의 모험』이 출간된다.

돈키호테 읽·기·의·즐·거·움
비극적 운명을 짊어진 희극적 영웅

초판 인쇄 | 2005년 6월 20일
초판 발행 | 2005년 6월 30일

지은이 | 권미선
펴낸이 | 심만수
펴낸곳 | (주)살림출판사
출판등록 | 1989년 11월 1일 제9-210호

주소 | 110-847 서울시 종로구 평창동 358-1
전화 | 02)379-4925~6
팩스 | 02)379-4724
e-mail | salleem@chollian.net
홈페이지 | http://www.sallimbooks.com

ⓒ (주)살림출판사, 2005   ISBN 89-522-0393-3 04800
                          ISBN 89-522-0394-1 04800 (세트)

값 7,900원